Carnets

© Éditions de L'Herne, 2019
2, rue de Bassano
75016 Paris
lherne@lherne.com
www.lherne.com

J.-K. Huysmans

NOTRE-DAME DE PARIS

et autres cathédrales

Avant-propos d'André Guyaux

L'Herne

AVANT-PROPOS

« Il rôdait constamment autour d'elle. » Ainsi Huysmans parle-t-il de Durtal dans *Là-bas*, rôdant autour de la religion, avant d'en franchir le seuil. Le verbe est choisi à dessein. On dit d'un voleur qu'il rôde, d'un vagabond, ou d'un chien errant qui cherche une improbable subsistance. Le protagoniste d'*À vau-l'eau*, M. Folantin, était à sa manière un rôdeur, tournant désespérément dans le circuit fermé de sa pauvre existence. Le rôdeur est le double nocturne et louche du flâneur. Il marche dans l'ombre, comme s'il hésitait devant la promesse de la lumière. Et Huysmans, en effet, a longtemps hésité : « Il s'est converti peu à peu, lentement », dit-il de lui-même[1]. On lui a, du reste, reproché ces atermoiements. On en a même fait un argument qui jetait le doute sur la sincérité du converti. Au contraire, le chrétien en puissance voulait mieux se connaître avant de se reconnaître en pénitent.

Il faut aussi comprendre le verbe *rôder* dans son acception physique et géographique, et imaginer le Parisien qu'était Huysmans, portant ses pas autour des nombreuses églises de Paris. Non qu'il n'y soit jamais entré avant de se convertir. Son éducation chrétienne impliquait la pratique religieuse. Et plus tard, au moment de son éveil esthétique, il passait volontiers la porte d'une église pour voir des fresques ou des tableaux. L'un de ses premiers articles – en janvier 1876, dans la *Gazette des amateurs* – décrit des peintures de Charles Landelle qui venaient d'être accrochées dans une chapelle de l'église Saint-Sulpice. Le sentiment artistique a beaucoup compté dans ce lent cheminement vers la foi. Mais

---

1. Dans des notes autobiographiques communiquées en 1898 à l'abbé Mugnier, qui devait préfacer une anthologie de *Pages catholiques* de Huysmans. Voir cette « Biographie » dans *Les Rêveries d'un croyant grincheux*, Éditions de L'Herne, 2019, p. 65.

l'initiative qui fait entrer Huysmans dans une église pour y entendre la messe est plus tardive. Le 25 décembre 1890, il assiste aux vêpres dans une petite chapelle de la rue de l'Èbre, dans le XIIIe arrondissement. Ce fut une première étape. Quelques mois plus tard, le 28 mai 1891, il se laisse conduire dans la sacristie de l'église Saint-Thomas-d'Aquin, dans le VIIe arrondissement, pour y rencontrer un prêtre *a priori* bienveillant – car l'auteur de *Là-bas*, roman satanique, qui venait de paraître, était sulfureux. Le courant passe et l'abbé Mugnier comprend que le futur converti doit encore franchir une autre porte, celle du cloître.

Des Esseintes rêvait d'un cloître dans *À rebours,* le roman décadent paru en 1884. L'abbé Mugnier saisit ce désir d'enfermement pour suggérer une retraite dans un monastère à son nouvel ami. Huysmans séjourne à l'abbaye Notre-Dame d'Igny, près de Reims, en juillet 1892. Il y retourne en août 1893, sans être trop convaincu par cette première expérience. Il cherchera longtemps le cloître qui lui convient. On le voit à Saint-Wandrille (en Normandie), à Fiancey (en Bourgogne), à

Solesmes (dans la Sarthe), à Ligugé enfin, près de Poitiers, où l'abbaye Saint-Martin et ses moines bénédictins semblent mieux répondre à ses espérances : il y devient oblat en 1900, après s'être fait construire une maison à proximité du monastère.

Le rôdeur a trouvé son refuge, dans les églises et dans les couvents. Il y assiste aux rites, il y entend le plain-chant, qui devient son addiction spirituelle. Mais un troisième lieu existe dans son univers religieux, aussi nécessaire que les deux autres : la cathédrale. Laissons le mot au singulier, comme dans le roman qui porte ce titre : *La Cathédrale*, publié en 1898. Car si Huysmans, comme Folantin, a longtemps cherché un cloître digne de son spleen, il a trouvé plus vite sa cathédrale : Notre-Dame de Chartres, la plus belle, celle où la prière s'élève le mieux vers la Vierge.

Huysmans visite Chartres le 16 décembre 1893, et c'est le coup de foudre. Comme il l'écrira dans *La Cathédrale*, « nulle part on ne prie mieux qu'à Chartres ». Il y retourne fréquemment, à partir de là. C'est là qu'il communie, à la Noël 1895, puis à nouveau en décembre 1896. Il avait raconté sa conversion dans *En route*, en 1895. L'idée lui vient d'un livre qui serait la suite d'*En route* et qui ferait de son héros, Durtal, l'exégète de la symbolique médiévale, telle qu'elle apparaît sur les vitraux de Chartres et dans l'iconographie intérieure et extérieure du monument.

Les deux clochers de Notre-Dame de Chartres, le jeune et le vieux, comme il les appelle, lui donnent l'occasion d'une longue réflexion sur la genèse des styles roman et gothique et d'une audacieuse hypothèse théologico-météorologique : les foudres de Satan s'abattent plus volontiers sur le clocher neuf, symbolisant la Vierge, que sur le clocher vieux, symbolisant le Christ, parce que dans la forme en dentelle, toute féminine, du clocher neuf, le diable reconnaît « Celle qui a le pouvoir de lui écraser le chef ».

La préférence affirmée pour Notre-Dame de Chartres n'a pas empêché Huysmans d'aller voir d'autres cathédrales. Ses pérégrinations en Flandre et en Allemagne lui avaient fait découvrir les cathédrales d'Anvers et de Cologne. En même temps que son projet d'un livre sur Notre-Dame de Chartres se dessine, il va visiter les cathédrales normandes en octobre 1894, celles de Tours, de Bourges et d'Amiens en juillet 1895. À la fin de sa vie, c'est vers les « cathédrales rouges », construites en grès, celle de Strasbourg en particulier, que ses pas le conduisent, en septembre 1903.

Né dans une petite rue de la rive gauche, élevé dans le Quartier latin, Huysmans a très tôt connu les églises de Paris. Il situe à Saint-Sulpice une partie de l'action de *Là-bas*. Une dizaine d'années avant sa réflexion sur la symbolique médiévale de Notre-Dame de Chartres, il s'est intéressé, dans son deuxième livre de critique d'art, *Certains*, publié en 1889, à « la ceinture de monstres qui entoure Notre-Dame de Paris », pour constater que leur sens symbolique est resté enfoui dans les secrets du Moyen Âge. Chaque symbole animal se comprend, le bœuf ou l'aigle, ou même les animaux monstrueux comme les lices à deux têtes ou les béliers aux ongles crochus qui se suspendent aux murs de la cathédrale, mais ensemble, ils ne forment plus la séquence intelligible que l'homme médiéval pouvait lire. Les mots sont désormais « isolés et tristes », dans des phrases dont le sens s'est perdu. Huysmans n'en est que plus fasciné par « l'extraordinaire page écrite autour de Notre-Dame ». Son regard sur l'iconographie des cathédrales le plonge dans la nostalgie du Moyen Âge que lui inspire également sa passion pour les Primitifs, qui parlent eux aussi une autre langue.

Huysmans s'est abondamment documenté sur Notre-Dame de Paris et sur son « quartier ». Les textes qu'il leur a consacrés en témoignent. La cathédrale de Paris, telle que des siècles de destructions et de reconstructions la lui livrent, reflète d'autres évolutions qu'il déplore. Elle a perdu la pureté des formes que les architectes anonymes du XIIe et du XIIIe siècle lui avaient donnée. Le siècle de Viollet-le-Duc et de Victor Hugo l'a revisitée et « rafistolée ». Et le peuple s'est éloigné d'elle. Les maisons qui jouxtaient ses flancs ont été détruites. Désormais le tourisme de masse, qui commençait à envahir la capitale à la fin du XIXe siècle, impose sa loi et crée le vide autour des monuments.

Un autre « progrès » a provoqué la réaction de Huysmans : l'installation de l'électricité dans la cathédrale, initiative qu'il juge

« tout à fait contraire à la liturgie ». Huysmans s'est exprimé sur ce sujet dans deux entretiens donnés à la presse, en avril et en mai 1903. On y reconnaît sa combativité, et son pessimisme prophétique : c'est à partir d'un court-circuit électrique que l'incendie du 15 avril 2019 s'est déclenché.

André Guyaux

VUES DE CATHÉDRALES

Comment juger les œuvres d'antan, car toutes sont adultérées par les siècles ou inachevées ? Notre-Dame de Chartres devait avoir neuf clochers et elle n'en a que deux ; les basiliques de Reims, de Paris, de Lyon, d'autres étaient destinées à porter des flèches sur leurs tours : où sont-elles ? Nous ne pouvons donc nous rendre un compte exact de l'effet que voulurent produire leurs architectes. D'autre part, les cathédrales étaient faites pour être vues dans un cadre que l'on a détruit, dans un milieu qui n'est plus : elles étaient entourées de maisons dont l'allure s'accordait avec la leur ; aujourd'hui, elles sont ceinturées de casernes à cinq étages, de pénitenciers mornes, ignobles, – et partout on les dégage, alors qu'elles n'ont jamais été bâties pour se dresser isolées sur des places : c'est de tous les côtés, l'insens le plus parfait de l'ambiance dans laquelle elles furent élevées, de l'atmosphère dans laquelle elles vécurent ; certains détails, qui nous semblent inexplicables dans quelques-uns de ces édifices, étaient sans doute nécessités par la forme, par les besoins des alentours.

En tout cas, l'archéologie et l'architecture n'ont exécuté que des besognes secondaires ; elles nous ont révélé simplement l'organisme, le corps des cathédrales, qui nous en dira l'âme ? Et je ne parle pas de l'âme du monument, au moment où, avec l'assistance divine, l'homme la créa ; cette âme, nous l'ignorons et encore pas pour la basilique de Chartres, puisque de précieux documents nous la racontent ; mais de l'âme qu'ont gardée les autres églises, de l'âme qu'elles ont maintenant et que nous contribuons à entretenir par notre présence plus ou moins assidue, par nos communions plus ou moins fréquentes, par nos prières plus ou moins vives.

Prenons Notre-Dame de Paris ; elle a été rafistolée et retapée de fond en comble, ses sculptures sont rapiécées quand elles ne sont pas toutes modernes : en dépit des dithyrambes d'Hugo, elle demeure de second ordre : mais elle a sa nef, son merveilleux transept ; elle est même nantie d'une ancienne statue de la Vierge devant laquelle s'est beaucoup agenouillé M. Olier ; eh bien, l'on a tenté de ranimer, dans son vaisseau, le culte de Notre-Dame, de déterminer un mouvement de pèlerinage et tout y est mort ! Cette cathédrale n'a plus d'âme ; elle est un cadavre inerte de pierre ; essayez d'y entendre une messe, et vous sentirez une chape de glace tomber sur vous. Cela tient-il à son abandon, à ses offices assoupis, à la rémolade de fredons qu'on y bat, à sa fermeture, hâtée le soir, à son réveil tardif, bien après l'aube ? Cela tient-il aussi à ces visites tolérées d'indécents touristes, de goujats de Londres que j'ai vus, parlant tout haut, restant, au mépris des plus simples convenances, assis devant l'autel, alors que l'on donnait la bénédiction du Saint-Sacrement, en face d'eux ? Je l'ignore, mais ce que je certifie, c'est que la Vierge n'y réside pas jours et nuits, toujours, comme à Chartres.

Prenons encore Amiens, avec ses vitres blanches et ses clartés crues, ses chapelles fermées par de hautes grilles, son silence de rares oraisons, sa solitude. Celle-là est vide aussi ; et je ne sais pourquoi elle fleure, pour moi, une ancienne odeur de jansénisme ; on n'y est pas à l'aise, on y prie mal ; et pourtant sa nef est magnifique et les sculptures de son pourtour, qui sont même supérieures à celles de Chartres, s'affirment, on peut le dire, uniques !

Celle-là non plus n'a pas d'âme.

Et il en est de même de celle de Laon, nue et glacée, à jamais morte ; d'autres sont dans un état intermédiaire, agonisent encore tièdes : Reims, Rouen, Dijon, Tours, Le Mans, par exemple ; déjà l'on s'y détend mieux ; Bourges, avec ses cinq embouchures jetées en allées à perte de vue, devant nous, et l'énormité de son vaisseau désert, Beauvais, si mélancolique, n'ayant pour tout corps qu'une tête et des bras lancés désespérément, ainsi qu'un appel toujours inentendu, vers le ciel, ont néanmoins conservé encore quelques-uns des effluves d'antan. On peut s'y recueillir, mais nulle part on ne prie mieux qu'à Chartres.

Pour en revenir maintenant à la partie matérielle, à l'aspect extérieur, à la coque lapidaire même de ces temples, quelles variétés l'on constate dans cette immense famille du gothique ! Aucune église ne se ressemble. Les tours changent avec les basiliques. Celles de Notre-Dame de Paris sont mastocs et sombres, presque éléphantes ; fendues, dans presque toute leur longueur, de pénibles baies, elles se hissent avec lenteur, et pesamment, s'arrêtent ; elles paraissent accablées par le poids des péchés, retenues par le vice de la ville au sol ; l'effort de leur ascension se sent et la tristesse vient contempler ces masses captives que navre encore la couleur désolée des abat-sons. À Reims, au contraire, elles s'ouvrent du haut en bas en des chas effilés d'aiguilles, en de longues et minces ogives dont le vide se branche d'une énorme arête de poisson ou d'un gigantesque peigne à doubles dents. Elles s'élancent aériennes, se filigranent ; et le ciel entre dans ces rainures, court dans ces meneaux, se glisse dans ces entailles, se joue dans les interminables lancettes, en lanières bleues, se concentre, s'irradie dans les petits trèfles creux qui les surmontent. Ces tours sont puissantes et elles sont expansives, énormes, et elles sont légères. Autant celles de

Paris sont immobiles et muettes, autant celles de Reims parlent et s'animent.

À Laon, elles sont surtout bizarres. Avec leurs colonnettes, tantôt en avance et tantôt en recul, elles ont l'air d'étagères superposées à la hâte et dont la dernière se termine par une simple plate-forme au-dessous de laquelle meuglent, en se penchant, des bœufs.

Les deux tours d'Amiens, bâties, chacune, à des époques différentes comme celles des cathédrales de Rouen et de Bourges, ne concordent pas entre elles. De hauteur inégale, elles boitent dans le ciel ; une autre vraiment splendide dans son isolement que fait encore valoir la médiocrité des deux clochers récemment construits de chaque côté de la façade de l'église, c'est la tour normande de Saint-Ouen dont le sommet est armorié d'une couronne. Elle est la patricienne des tours dont beaucoup conservent des allures de paysannes, avec leurs têtes nues ou leurs coiffes amincies, affûtées presque en biseau de sifflet, ainsi que celle de la tour Saint-Romain, à Rouen, ou leurs bonnets pointus de rustres, tels qu'en porte l'église Saint-Bénigne, à Dijon, ou leur vague parasol, semblable à celui sous lequel s'abrite la cathédrale lyonnaise de Saint-Jean.

Mais, quand même, la tour, sans le clocher qui l'effile, ne se projette pas dans le firmament. Elle s'élève toujours lourdement, halète en chemin, et, exténuée, s'endort. Elle est un bras sans main, un poignet sans paume et sans doigts, un moignon ; elle est aussi un crayon non taillé, rond du bout qui ne peut inscrire dans l'au-delà les oraisons de la terre ; elle reste en somme à jamais inactive.

Il faut arriver aux clochers, aux flèches de pierre pour trouver le véritable symbole des prières jaculatoires perçant les nues, atteignant, comme une cible, le cœur même du Père.

Et, dans la famille de ces sagittaires, quelle diversité ! Pas une flèche qui soit pareille !

Les unes ont leur base prise dans un collier de tourelles, dans le cercle d'un diadème à lames droites de Roi mage, par des clochetons ; tel le clocher de Senlis. D'autres gardent des enfants nés à leur image, de tout petits clochers qui les entourent ; et les uns sont couverts de verrues, de cabochons, d'ampoules ; les autres se creusent en écumoires, en tamis, se trouent de trèfles et de quatre feuilles, paraissent frappés à l'emporte-pièce ; ceux-ci sont munis d'aspérités, ont des mordants de râpe, se cavent de coches ou se hérissent de pointes ; ceux-là sont imbriqués d'écailles, de même que des poissons, – le vieux clocher de Chartres, par exemple ; – d'autres enfin, tel que celui de Caudebec, arborent la forme du trirègne romain, de la couronne à trois étages du pape.

Avec ce contour presque imposé et dont ils s'éloignent à peine, avec ce modèle de la pyramide ou de la poivrière, de la chausse à filtrer ou de l'éteignoir, les architectes gothiques inventent les combinaisons les plus ingénieuses, muent à l'infini leurs œuvres.

Et de quel mystère d'origine elles s'enveloppent, les basiliques ! La plupart des artistes qui les bâtirent sont inconnus ; l'âge même de ces pierres est à peine sûr, car elles sont, en majeure partie, façonnées par l'alluvion des temps.

Presque toutes chevauchent sur deux, sur trois, sur quatre espaces de cent ans chaque. Elles s'étendent du commencement du XIIIe siècle jusqu'aux premières années du XVIe.

Et cela se comprend, si l'on y réfléchit.

On l'a justement remarqué, le XIIIe siècle a été la grande ère des cathédrales. C'est lui qui les a presque toutes enfantées ; puis, une fois créées, il y eut pour elles un arrêt de croissance de près de deux cents ans.

Le XIVe siècle fut, en effet, agité, par d'affreux troubles. Il débute par les ignobles démêlés de Philippe le Bel et du pape ; il allume le bûcher des Templiers, rissole, dans le Languedoc, les Bégards et les Fraticelles, les lépreux et les juifs, s'affaisse dans le sang avec les désastres de Crécy et de Poitiers, les excès furieux des Jacques et des Maillotins, les brigandages des Tard-Venus, finit par se relever en divaguant et il se reflète alors dans la folie sans guérison d'un roi.

Et il s'achève ainsi qu'il a préludé, se tord dans des convulsions religieuses atroces. Les tiares de Rome et d'Avignon s'entrechoquent et l'Église, qui subsiste seule debout sur ces décombres, vacille à son tour, car le grand schisme de l'Occident l'ébranle.

Le XVe siècle apparaît affolé, dès sa naissance. Il semble que la démence de Charles VI se propage ; c'est l'invasion anglaise, le pillage de la France, les luttes engagées des Bourguignons et des Armagnacs, les épidémies et les famines, la débâcle d'Azincourt, Charles VII, Jeanne d'Arc, la délivrance, le pays réconforté par l'énergique médication du roi Louis XI.

Tous ces événements entravèrent les travaux en chantier des cathédrales.

Le XIVe siècle, en somme, se borne à continuer les édifices commencés pendant le siècle précédent. Il faut attendre la fin du XVe, ce moment où la France respira, pour voir l'architecture s'essorer encore.

Ajoutons que de fréquents incendies consumèrent à diverses reprises des parties entières de basiliques et qu'il fallut les reconstruire ; d'autres, comme Beauvais, s'écroulèrent et l'on dut les rééedifier à nouveau ou, faute d'argent, se borner à les consolider et à boucher leurs trous.

À part quelques-unes, telles que Saint-Ouen, de Rouen, qui est un des rares exemples d'une église presque entièrement bâtie pendant le XIVe siècle, sauf ses tours de l'ouest et sa façade qui sont toutes modernes, et Notre-Dame de Reims dont la structure paraît avoir été établie sans trop d'interruptions sur le plan initial d'Hugues Libergier ou de Robert de Coucy, aucune de nos cathédrales n'a été érigée en son entier, suivant le tracé de l'architecte qui les conçut, et aucune n'est depuis lors demeurée intacte.

La plupart assument donc les efforts combinés de générations pieuses mais on peut attester cette invraisemblable vérité : jusqu'à la venue de la Renaissance, le génie des constructeurs qui se succédèrent reste égal ; s'ils firent des modifications au plan de leurs devanciers, ils surent y introduire des trouvailles personnelles, exquises, sans en offenser l'ensemble. Ils entèrent leur génie sur celui de leurs premiers maîtres ; il y eut une relique perpétuée d'un concept admirable, un souffle de l'Esprit-Saint. Il fallut l'époque interlope, l'art fourbe et badin du paganisme, pour éteindre cette pure flamme, pour anéantir la lumineuse candeur de ce Moyen Âge où Dieu vécut familièrement chez lui, dans les âmes, pour substituer à un art tout divin un art purement terrestre.

Dès que la Luxure de la Renaissance s'annonça, le Paraclet s'enfuit, le péché mortel de la pierre put s'étaler à l'aise. Il contamina les édifices qu'il acheva, souilla les églises dont il viola la pureté des formes ; ce fut avec le libertinage de la statuaire et de la peinture, le grand stupre des basiliques.

Cette fois, l'Orante fut bien morte : tout coula. Cette renaissance, tant vantée, à la suite de Michelet, par les historiens, elle est la fin de l'âme mystique, la fin de la théologie monumentale, la mort de l'art religieux, de tout le grand art en France !

L'Écho de Paris, 19 janvier 1898.

Notre-Dame de Paris

LE QUARTIER NOTRE-DAME

Tous les historiens de Notre-Dame de Paris ont cité le mot de l'un des anciens chroniqueurs de cette cathédrale : « elle terrifie par sa masse » ; et le fait est qu'elle est sombre et énorme ; elle ne suscite pas l'image de ce printemps de la pierre qu'évoquent les végétations fleuries de ses sœurs d'Amiens, de Reims et de Chartres. Avec sa façade noire et nue, elle dégage une impression de mésaise et de froid ; elle est une basilique hivernale ; on ne la sent point aimer ce Paris qu'elle domine ; elle n'a pas ce geste de Notre-Dame de Chartres dont les deux clochers semblent les doigts levés des vieux évêques prêts à bénir la ville agenouillée, à leurs pieds ; ses bras à elle se dressent et ils menacent plus qu'ils n'implorent. En tout cas, elle cache ses mains dans ses manches de pierre et se refuse à signer les foules ; elle n'est pas, pour tout dire, un sanctuaire bon enfant, une cathédrale maternelle.

Mais c'est peut-être bien aussi la faute des siens ! Elle a été vilipendée et spoliée par ses enfants comme pas une et elle se désintéresse de leurs peines. Que subsiste-t-il d'authentique dans cette église ? L'ossature dont d'incessantes réparations n'ont pas trop adultéré les contours, et les deux roses du transept qui sont demeurées presque intactes ; le reste est neuf. Les verreries de la nef, du chœur, des chapelles, ont été brisées et des peintures cuites pas d'absurdes vitriers les remplacent ; le jubé a été démoli, le vieil autel avec ses colonnes de cuivre et sa pyxide suspendue a été jadis bazardé, on ne sait où ; la statue colossale de saint Christophe qui se tenait debout, à l'entrée du vaisseau, a disparu de même que les stalles du XIVe siècle. Quant aux châsses, elles ont été fondues par les sans-culottes et les carreaux noirs et blancs d'un jeu de dames suppléent aux pierres tombales, gravées d'effigies et d'inscriptions qui pavaient autrefois son sol.

Le XVIIe siècle a commencé ces déprédations et la Révolution les a finies. Notre époque qui voulut la soigner, s'est bornée, pour sa part, à gratter et à rafistoler son vaisseau, du haut en bas. On l'a rajeunie et on lui a raclé l'épiderme de telle sorte qu'elle a complètement perdu son hâle de prières, sa rouille de cire et d'encens.

Telle qu'elle est, elle assume néanmoins encore une magnifique allure avec sa nef plantée de lourds piliers, son arc triomphal ouvrant sur la baie géante du chœur, ses colonnes filant d'un jet jusques aux voûtes ; sans doute, elle n'a pas la légèreté des basiliques d'Amiens et de Chartres qui s'effusent, ravies, en plein ciel ; elle, ne sort pas d'elle-même, elle tient à la terre et ne s'en arrache point ; mais ce qu'elle reste majestueuse et ce qu'elle apparaît à cause même de sa pesanteur, grave ! Elle semblerait, en somme, plutôt dédiée au Dieu sévère de la Genèse qu'à l'indulgente Vierge, si la gracilité de son transept ne nous révélait qu'elle est bien, en effet, placée sous le vocable de Marie et qu'elle s'effile à son image, et qu'elle sourit divinement et qu'elle s'humanise. Ce transept est la partie vraiment supérieure de Notre-Dame ; les murs s'émincent et, pour s'alléger encore, cèdent la place aux verres ;

et ses deux roses sont des roues de feu, aux moyeux d'améthyste, des roues où le violet de cette gemme, symbole de l'innocence et de l'humilité, domine ; c'est une féerie quand le soleil pénètre dans le vide vitré des trous ; il longe les rais amenuisés de pierre, allume entre eux des grappes de flammes, fulgure comme un bouquet d'artifice, dans le cercle des jantes.

Ce sont les roues en ignition du chariot d'Élie et l'on dirait également de ces touffes remuées de lueurs, des fleurs de braises écloses dans une serre ronde de verre.

La gloire de Notre-Dame de Paris est là et non dans ses façades vantées ; la vérité est que son extérieur ne vaut plus que par sa masse ; toutes les statues sont retapées ou entièrement refaites, si bien que la flore délicieuse d'art qui montait jadis, ainsi qu'au long d'un espalier, le long de ses murs, est morte et qu'elle a été remplacée par une végétation toute moderne de statues fabriquées à la grosse, d'après les modèles des sanctuaires d'Amiens et de Chartres.

Il n'y a donc à s'extasier, ni sur ses portails, ni sur ses voussures en vieux-neuf, ni sur sa flèche datée de 1859, sur pas grand-chose, hélas ! car la coque brute de ses pierres et ses deux lourdes tours qui présentent cette particularité de ne jamais se faire ombre, demeurent seules, presque indemnes ; mais si, au point de vue de l'art, notre cathédrale n'est qu'une œuvre de second ordre, elle n'en est pas moins intéressante, pour d'autres motifs ; elle diffère de ses congénères, elle est plus mystérieuse que ses sœurs, plus savante, et moins pure ; elle n'est pas autant à Dieu que les autres, car elle recèle des secrets interdits, ente sur la symbolique chrétienne les formules de la Kabale, est tout à la fois catholique et occulte. Ainsi, les trois portes de sa façade principale qui sont désignées par les archéologues sous le nom de porte du Jugement, de porte de la Vierge, de porte de Sainte-Anne et de Saint-Marcel, allégorisent, suivant certains occultistes, la Mystique, l'Astrologie et l'Alchimie, ces trois sciences en honneur au Moyen Âge ; et cette dernière baie sur le trumeau de laquelle saint Marcel, neuvième évêque de Paris, se dresse, foulant aux pieds un dragon qui s'échappe du cercueil d'une femme adultère, contient avec ses figures hiéroglyphiques, le récipé du grand œuvre, la recette de la pierre philosophale. L'on trouvera dans un traité de Gobineau de Montluisant, l'un des hermétistes du XVIIe siècle, la description secrète de cette porte qui, avec la tour Saint-Jacques et quelques carreaux de la Sainte-Chapelle, constitue le dernier texte lapidaire des légendes spagyriques d'antan.

Derrière Notre-Dame s'étend maintenant un square ; jadis le jardin s'épandait jusqu'à la pointe de l'île et servait de lieu de promenade aux chanoines du chapitre. Un cartulaire de 1258 appelait ce terrain « *Mota papalordorum* » : la Motte des gens d'église ; la Morgue a remplacé ses bosquets, et ses dalles, les pelouses ; puis, pour enlaidir le site, l'on a construit, sur la gauche, au bout de la rue du Cloître, de gigantesques bâtisses qui masquent, du côté de l'île Saint-Louis, la vue de la cathédrale. On a préservé le musée de Cluny du blocus qui le menaçait et personne n'a songé à sauver Notre-Dame !

Cette rue du Cloître qui longe la basilique garde encore, à son entrée, près de la place du parvis, quelques vieilles bicoques dont les façades se reculent comme gênées et forcées de céder le pas à des maisons neuves.

Elle a d'ailleurs été parée d'un bien étonnant palais de brique, agrémenté de deux tourelles pareilles à des fûts que surmonteraient deux citrouilles, la queue en l'air et orné sur toutes ses faces de peintures allégoriques, telles que l'Humanité, la Famille, le Négoce et l'Hygiène. Ce monument qui fut commandé par M. Ruel est utilitaire et plaisant, car il s'emploie à deux fins, étant à la fois une resserre pour voitures et une salle pour chansonnettes de concert et pièces de théâtre.

Plus intéressante est la rue Chanoinesse qui a maintenu son aspect provincial, si bien décrit dans *L'Envers de l'histoire contemporaine* de Balzac, qu'il est difficile de s'y promener sans évoquer le mélancolique souvenir de Mme de La Chanterie et du petit couvent laïque qu'elle fonda ; cette voie a conservé ainsi que ces sentes qui l'entourent, la rue Massillon, la rue des Ursins, la rue des Chantres, ses hautes fenêtres, ses portes-cochères aux vantaux couleur de vert de bouteille ou de pain d'épice, munies d'énormes marteaux et bardées de clous. À l'heure actuelle, elle est encore dénuée de boutiques, mais son silence de naguère n'est plus car la plupart de ses bâtisses, acquises par une grande quincaillerie, sont devenues des dépôts d'appareils de chauffage et d'ustensiles d'hydrothérapie et de cuisine ; et c'est dans l'après-midi un perpétuel va et vient de camions et d'hommes.

Bien qu'elle foisonne de souvenirs, elle ne dit plus rien. Le 16, où vécut Racine, est quelconque ; le 17, qui est l'ancienne maison capitulaire, est non moins banal et non moins laid ; il faut pénétrer dans l'intérieur même de ces logis pour les entendre enfin parler et y découvrir les plus curieux vestiges qui soient d'un Paris mort.

L'on demeure surpris alors, en s'apercevant que des morceaux entiers d'édifices, datant du Moyen Âge et même d'avant, vivent enfouis sous la croûte de masures à peines âgées, de masures presque neuves. Le 18 et le 20, qui ne formèrent jadis qu'un seul hôtel, recèlent le monument le plus étrange de tous, la tour de Dagobert.

Il est peu probable que ce roi y ait habité et qu'elle ait même été construite sous son règne, mais elle n'en est pas moins bizarre ; et l'on est transporté bien loin de notre temps, lorsque, après avoir traversé une vieille cour convertie en une sorte de hangar et parcouru d'obscurs couloirs formés par des haies de calorifères empilés les uns par-dessus les autres, l'on grimpe son escalier en vrille dont la tige de chêne s'élance d'un jet, en tournoyant sur elle-même, du bas de la tour jusqu'à sa cime. L'on monte dans l'ombre et, peu à peu, les marches s'éclairent ; des pièces massives s'ouvrent de tous les côtés, des pièces aux murs énormes, au sol carrelé, au plafond dénudé, rayé par des saillies brunes de poutres, et finalement l'on aboutit en plein air, par une vague échanguette, sur une plate-forme de zinc.

À quelques pas se profile le vaisseau de Notre-Dame dont les arcs-boutants semblent les côtes décharnées d'un être préhistorique, d'un mammouth immense. Les monstres installés sur les balcons de la tour du nord vous épient et ils paraissent narguer l'étonnante ligne des toits qui zigzague sous vos pieds. C'est un chaos superposé de vieilles tuiles, un amas de derrières de maisons que rejoignent des ponts de sapin, des galeries de bois. Un Paris inconnu gît là, dans cet envers de la rue du Cloître. Un fleuriste, à un quatrième étage, cultive ses fleurs et élève des colombes dans de vastes cages en saillie sur des allées de planches ; des loques sèchent de tous côtés, des gens cirent leurs bottes au dehors, vont d'une fenêtre à l'autre, se promènent derrière les parapets, le long des maisons, sur des charpentes ; c'est, entre ciel et terre, une Cour des Miracles et cela tient de l'échafaudage des peintres en bâtiments et de la maringote des forains. Vous tournez la tête à droite, et, au-dessus des prises d'air de l'Hôtel-Dieu, des parafoudres s'effilent et la tour Saint-Jacques surgit, dernier souvenir d'une église dont les restes servent d'observatoire à des météorologistes, à des coulissiers de longitudes qui ne regardent plus le ciel que pour y chercher et pour y coter, en un langage de Bourse, des moyennes et des dépressions, des hausses et des baisses ; vous regardez à votre gauche, puis derrière vous ; et, après l'opulente cambuse de M. Ruel, l'église de Saint-Paul et de Saint-Louis, celle de Saint-Gervais, et cet édifice de camelots qu'est l'Hôtel de Ville, emplissent l'horizon et barrent la vue.

C'est à peine, d'ailleurs, si l'on peut exécuter quelques mouvements sur la terrasse de cette tour du roi Dagobert, car sa plate-forme est minuscule. Jadis, paraît-il, une autre tour s'élevait auprès d'elle ; l'on n'en retrouve aucune trace. En 1857, une vigne de trois cents ans existait encore dans la cour ; on l'a arrachée et la cour est maintenant couverte ; l'on ne possède aucun renseignement précis sur les gens qui se succédèrent dans cet hôtel. Tout ce que l'on sait, c'est qu'il appartenait, avant la Révolution, à l'abbé de Reyglen, chanoine titulaire de Notre-Dame.

Quant aux corps de logis, ils datent du XVIIe et du XVIIIe siècle, mais toutes les boiseries sont enlevées. Les uns sont des dortoirs remplis de lits de camp à l'usage des employés de la fabrique, les autres sont des magasins bourrés, du sol au plafond, de meubles de cuisine et de jardins, de calandreuses et de poêles, de tubs qui font songer aux formidables œufs sur le plat que l'on y pourrait cuire. Si l'on pénètre enfin avec des lanternes dans les caves, il faut se courber en deux, aller et venir dans tous les sens. Arrivé à une certaine profondeur, les escaliers cessent et des pentes, qui dégringolent sous des voûtes de plus en plus basses, vous mènent dans de nouveaux souterrains, lesquels vous conduisent dans d'autres boyaux et les embranchements se multiplient pour aboutir à rien, car ces galeries qui atteignaient autrefois les rives de la Seine sont bouchées.

Ces immeubles appartenaient jadis au chapitre de la cathédrale. Tout d'abord, les chanoines durent, seuls, s'y fixer, mais dès le XVe siècle leurs parents et leurs amis s'y installèrent et le vacarme commença. Des plaintes se produisirent, mais elles ne semblent guère avoir été écoutées, car au XVIe siècle, l'aspect mondain et bruyant de ces lieux s'accrût. Au XVIIe, il augmenta encore, car les chanoines déplorèrent qu'il y eût tant de chambrières dans les appartements et de carrosses dans les cours. Au XVIIIe siècle enfin, le désordre fut à son comble, et cette petite population de prêtres, d'enfants de chœur, de chantres, de gens que d'anciens statuts qualifient de « machicots et de clercs de matines », fut noyée dans un amas de familles qui finirent par s'emparer des hôtels et des rues.

Les chanoines continuèrent de gémir, mais la Révolution répondit à leurs doléances en les supprimant ; depuis ce moment, le cloître appartint à chacun et fut, comme tous les quartiers de Paris, un quartier laïque.

Pour parfaire la physionomie de la paroisse, l'on peut citer encore deux anciennes rues, la rue de la Colombe dont le nom figure déjà sur une charte de 1223, mais elle a perdu tout caractère, et les rues des Ursins et des Chantres. Celles-là vivent loin des intruses, entre elles. La rue des Chantres, ainsi qualifiée au XVIe siècle, parce que la manécanterie de la cathédrale y résidait, semble ignorer que tout un Paris moderne existe. Elle descend tranquillement, sans que jamais un chat y passe, vers la Seine, entre deux rangs de murs qui sont des dos de bâtisses percés, à gauche, de lucarnes à barreaux de fer ; à droite, de hautes fenêtres ouvertes presque au ras du sol, et derrière lesquelles l'on aperçoit, dans l'ombre, de probables cartonniers et de possibles tables. Une seule porte se montre sur cette voie, près du quai, celle d'un hôtel sinistre dit des Deux-Lions, et ce garni flanqué d'un mannezingue tiendrait, si nous en croyons Lefeuve, la place de l'immeuble qu'habitèrent Héloïse et Abélard.

Si la rue des Chantres a conservé jusqu'à nos jours son nom, il n'en est pas de même de sa voisine. Celle-là a été baptisée, débaptisée et rebaptisée sans mesure. On la voit tour à tour indiquée sous le vocable de Grande-Rue de Saint-Landry sur l'eau, de rue du Port-Saint-Landry, sur le plan de Bâle de 1552 ; de rue basse du Port-Saint-Landry, de rue d'Enfer, sur le plan de Turgot ; de rue Basse-des-Ursins, et enfin de rue des Ursins tout court. La Taille de Paris au XIIIe siècle relève parmi ses habitants trois taverniers et une dame Agnès au surnom mystérieux de « la Prêtresse ».

Ainsi que la rue des Chantres, la rue des Ursins est composée de derrières de maisons dont les visages appartiennent, les uns à la rue Chanoinesse et les autres au quai aux Fleurs. Aussi presque toutes ses portes, quand elle en a, sont-elles condamnées. Elle est une paralysée des membres inférieurs, mais son buste est encore libre, car des croisées s'y ouvrent et des baies y vivent.

Tel ce quartier de Notre-Dame qui contint jadis, en sus de la cathédrale, quatre sanctuaires : Saint-Jean-le-Rond, Saint-Aignan, Saint-Denys-du-Pas, Sainte-Marine. Ces chapelles qui furent très fréquentées, au temps où le peuple croyait en Notre-Seigneur, sont mortes. La basilique subsiste seule et elle est, elle-même, du soir au matin, déserte ; ses passagers – parmi les vivants – sont des touristes qui croassent, en feuilletant des guides, et – parmi les défunts – des cadavres venus de l'Hôtel-Dieu, des dépouilles sans le sou, qu'on expédie, au galop, Dieu sait comme !

L'Almanach du bibliophile pour l'année 1899,
février 1899, p. 18-30.

L'ÉLECTRICITÉ À NOTRE-DAME
Deux entretiens

L'opinion de M. Huysmans sur la modernisation dans les églises

Notre-Dame va être éclairée à l'électricité. Edison s'empare de la vieille cathédrale après avoir conquis celle de Rouen, il y a quatre ou cinq ans. Les ouvriers travaillent activement à l'aménagement et à la pose des poires modern-style qui remplaceront les cierges traditionnels.

Devons-nous nous réjouir de voir les commodités de la vie actuelle et les progrès de la science pénétrer jusque dans les sanctuaires moyenâgeux ou, au contraire, faut-il déplorer comme une faute de goût l'accouplement un peu hétéroclite de l'architecture ogivale et de l'éclairage moderne ?

M. Huysmans, l'éminent auteur de *La Cathédrale*, qui est un puriste en matière d'art religieux, déplore vivement l'envahissement par le modernisme des vénérables sanctuaires :

– C'est une véritable profanation, nous dit-il. Notre-Dame est si belle et a si bien conservé jusqu'à présent son cachet d'église gothique ! La clarté vacillante des cierges fait valoir à merveille le clair-obscur des voûtes en estompant les arêtes. L'électricité va tout gâter.

Contre l'éclairage électrique

Le besoin d'un éclairage perfectionné se faisait sentir à Notre-Dame moins qu'ailleurs. Car cette église ouvre tard et ferme très tôt. Mais, que voulez-vous ? C'était malheureusement inévitable. En France comme à l'étranger, en Belgique notamment, toutes les basiliques succombent les unes après les autres. À Paris, Saint-Sulpice aura résisté une des dernières.

Ce changement est tout à fait contraire à la liturgie : le sanctuaire ne doit être éclairé que par des cierges – en cire, comme l'étymologie du mot l'indique. Peu à peu, on a remplacé les cires par de la bougie, pour des raisons d'économie.

J'ai même vu des cierges qui étaient formés de stéarine revêtue d'une mince couche de cire en trompe-l'œil. N'est-ce pas ridicule ?

Après la bougie est venu le gaz, puis le bec Auer. Nous voici [à] la lampe Edison... en attendant une nouvelle invention. Tous les procédés d'éclairage y passeront. Désormais, il n'y a plus de cierges que sur l'autel.

Ces transformations n'ont pas seulement pour cause le désir de réaliser des économies. Les nouveaux modes d'éclairage paraissent plus distingués, plus « chic ». C'est du snobisme. Et puis la commodité du simple bouton à tourner favorise la paresse humaine.

Je me demande pourquoi on est tellement entiché de l'éclairage électrique. Jamais on n'a vu moins clair dans les chambres des hôtels que depuis qu'on y a installé des poires aux plafonds : on ne peut même plus lire son journal, assis dans son fauteuil. Dans les églises, c'est pis encore : il est impossible de suivre l'office sur son livre.

Les vitraux et la musique

S'il n'y avait encore que l'éclairage ! Mais les vitraux ? Tout curé se croirait déshonoré s'il n'affublait son église de quelque innommable verrière moderne. Le goût artistique se perd de plus en plus dans le clergé. C'est aussi la faute des donateurs qui veulent, au bas de *leur* vitrail, être représentés, avec leur femme et leurs enfants, en costumes moyenâgeux, avec leur lorgnon et un vêtement du XIIIe siècle. Il y a des gens qui n'ont pas la notion du ridicule.

Et la musique ? Tous les maîtres de chapelle ont commis quelque *O Salutaris* et quelque *Tantum ergo*. Qui les jouerait, s'ils ne les jouaient eux-mêmes ? Et par un échange de bons procédés, Durand à Saint-X joue l'*Ave* de Tartempion qui à Saint-Y fera exécuter le *Gloria* de Durand. Et en avant les violons et les violoncelles ! Voilà pourquoi le plain-chant, c'est l'ennemi. Pour avoir de la belle musique religieuse, il faudrait d'abord se débarrasser de tous les maîtres de chapelle de France.

Un réquisitoire

Je ne comprends pas les aberrations dont on fait preuve en matière d'art religieux. Tenez ! Je crois que tous ceux qui fabriquent, qui vendent ou qui achètent les affreux objets d'église de la rue Bonaparte et de la rue Saint-Sulpice sont des possédés inconscients. C'est la vengeance du démon qui mord la Vierge au talon... en faisant d'elle d'ignobles effigies.

C'est, on le voit, un véritable réquisitoire que prononce M. Huysmans contre l'irruption du modernisme dans les églises. En discourant sur son sujet favori, le maître s'est animé. Mais il ne tarde pas à ajouter, avec un profond découragement :

— On aura beau dire et beau faire, toutes les récriminations seront inutiles. Je n'ai plus d'espoir. Pendant longtemps j'ai lutté, en vain : je n'ai pas trouvé d'écho. Enfin la vérité est toujours bonne à répéter.

M. Huysmans sera-t-il plus heureux cette fois, et sa théorie fera-t-elle des adeptes ? À nos lecteurs d'en juger.

Le Petit Bleu, 6 avril 1903, p. 2.

Le progrès à l'église. L'électricité à Notre-Dame chez M. Huysmans

Pour la première fois, hier, on le sait, a été expérimenté à Notre-Dame l'éclairage à l'électricité. Cette innovation n'a pas laissé que de surprendre un peu les fidèles qui voyaient resplendir d'une lumière crue les voûtes noyées à l'ordinaire dans la pénombre propice aux dévotions.

Que vont dire les amis des vieilles églises et les admirateurs des augustes cathédrales que quelques ampoules électriques arrachent soudain au beau rêve qui les charme ? Je me suis efforcé d'aller recueillir l'écho de leurs doléances certaines auprès de M. Huysmans, dont on connaît l'attachement pour les édifices de piété.

– C'est révoltant ! tout simplement, s'est écrié l'auteur de *L'Oblat*, dès ma première question. Bientôt les églises ressembleront à un magasin du boulevard. Des ampoules aujourd'hui, des globes électriques demain : pourquoi pas ? L'électricité s'empare de toutes nos églises, Saint-Sulpice la subit, déjà, et nous verrons le gaz et les lampes à alcool disparaître de partout, peu à peu. Puis pourquoi l'électricité à Notre-Dame ? L'église ferme tous les jours à cinq heures. Il n'était nullement besoin d'un nouveau mode d'éclairage.

À ce propos, je me rappelle que le jour du Vendredi Saint, à Notre-Dame, on s'en occupait déjà et les travaux ne furent pas interrompus. L'office fut troublé pendant toute sa durée par le bruit des marteaux maniés par les ouvriers.

Et le maître achève tristement :

– Tout est délaissé. Le plain-chant s'en va et est remplacé par la musique. On ne chante plus, on joue. Tout s'en va, tout s'en va !

La Presse, 12 mai 1903.

LA SYMBOLIQUE DE
NOTRE-DAME DE PARIS

C'est à Victor Hugo, à de Montalembert, à Viollet-le-Duc, à Didron, que nous devons le réveil de louanges dont se pare maintenant l'art gothique, si méprisé par le XVIIe et le XVIIIe siècles, en France. À leur suite, les chartistes s'en sont mêlés et ont parfois exhumé des layettes d'archives, des actes de naissance portant le nom des « maîtres de la pierre vivel » qui bâtirent les cathédrales ; les recherches continuent dans les cimetières à paperasses des provinces ; quel est à l'heure actuelle, le résultat de ce mouvement que détermina le Romantisme ?

Celui-ci : tous les architectes, tous les archéologues, depuis Viollet-le-Duc jusqu'à Quicherat, n'ont vu dans la basilique ogivale qu'un corps de pierre dont ils ont expliqué contradictoirement les origines et décrit plus ou moins ingénieusement les organes. Ils ont surtout noté le travail apparent des âges, les changements apportés d'un siècle à un autre ; ils ont été à la fois physiologistes et historiens, mais ils ont abouti à ce que l'on pourrait nommer le matérialisme des monuments. Ils n'ont vu que la coque et l'écorce, ils se sont obnubilés devant le corps et ils ont oublié l'âme.

Et pourtant l'âme des cathédrales existe ; l'étude de la symbolique le prouve.

La symbolique qui est, suivant la définition de Littré, la science d'employer une figure ou une image comme signe d'une autre chose, a été la grande pensée du Moyen Âge et, sans elle, rien de ces époques lointaines ne s'explique. Sachant très bien qu'ici-bas tout est figure, que le visible ne vaut que par ce qu'il recouvre d'invisible, l'art du Moyen Âge s'assigna le but d'exprimer des sentiments, des pensées avec les formes matérielles, variées, de la vitre et de la pierre et il créa un alphabet à son usage. Une statue, une image put être un mot et des groupes, des alinéas et des phrases ; la difficulté est de les lire, mais le palimpseste se déchiffre. Des livres tels que le *Miroir du monde* de Vincent de Beauvais, le *Spéculum Ecclesiae* d'Honorius d'Autun, si bien mis en valeur par M. Mâle, le *Spicilège de Solesmes*, les apocryphes, *La Légende dorée*, nous donnent la clef des énigmes.

L'on comprendra cette importance attribuée à la symbolique, par le clergé, par les moines, par les architectes, par les imagiers, par le peuple même au XIIIe siècle, si l'on tient compte de ce fait que la symbolique provient d'une source divine, qu'elle est la langue parlée par Dieu même.

Elle a, en effet, jailli comme un arbre touffu du sol même de la Bible. Le tronc est la Symbolique des Écritures, les branches sont les allégories de l'architecture, des couleurs, des pierreries, de la flore et de la faune, les hiéroglyphes des Nombres.

Si ces diverses branches peuvent donner lieu à des interprétations plus ou moins sûres, il n'en est pas de même de la partie essentielle, de la symbolique des Écritures qui, elle, est claire et tenue pour exacte par tous les temps. Qui ne sait, en effet, que l'Ancien Testament est la préfiguration du Nouveau, que la religion mosaïque contient en emblèmes ce que la religion catholique nous montre en réalité ? L'histoire sainte est un ensemble d'images ; tout arrivait aux Hébreux en figures, a dit saint Paul ; le Christ l'a rappelé maintes fois à ses disciples et il a presque toujours, lorsqu'il s'adressait aux foules, usé de paraboles, c'est-à-dire d'un moyen d'indiquer une chose pour en désigner une autre.

Il n'est donc point surprenant que le Moyen Âge ait suivi la tradition que lui avaient transmise les Pères de l'Église et appliqué à la maison de Dieu leurs procédés.

Cela dit, nous devons ajouter qu'en sus de cette préoccupation d'enclore dans une cathédrale, les vérités du dogme, sous les apparences des contours et les espèces des signes, le Moyen Âge a voulu traduire, en des lignes sculptées ou peintes, les Légendaires et les évangiles apocryphes, être en même temps aussi qu'un cours d'hagiographie et de pieux fabliaux, un sermonnaire narrant au peuple le combat des vertus et des vices, lui prêchant la sobriété, le travail, la nécessité évoquée par la parabole des vierges sages et des vierges folles, d'être toujours prêt à paraître devant Dieu, le menant, peu à peu, tout en l'exhortant le long de la route, jusqu'au jour de la mort qu'il lui découvrait brutalement, dès l'entrée même de la basilique, dans les tableaux du Jugement dernier et du pèsement des âmes.

La cathédrale était donc un macrocosme ; elle embrassait tout ; elle était une bible, un catéchisme, une classe de morale, un cours d'histoire et elle remplaçait le texte par l'image pour les ignorants.

Nous voici loin, avec ces données, de l'archéologie, de cette pauvre anatomie des édifices !

Voyons maintenant, en usant de cette science des symboles, ce qu'est Notre-Dame de Paris, quelle est la signification de ses divers organes, quelles paroles elle profère, quelles idées elle décèle.

Ses pensées et son langage ne diffèrent pas de ceux de ses grandes sœurs de Chartres, d'Amiens, de Strasbourg, de Reims. – Tout au plus cache-t-elle une arrière-pensée qui sent un tantinet le fagot et que j'expliquerai plus loin ; – nous pouvons donc, pour elle comme pour les autres, l'étudier, en lui appliquant les théories générales du symbolisme.

Occupons-nous d'abord de l'intérieur. Durand, évêque de Mende, qui vécut au XIIIe siècle, c'est-à-dire à l'époque même où fut construite Notre-Dame, nous enseigne que ses tours représentent les prédicateurs, et cette assertion se confirme par la signification assignée aux cloches qui rappellent aux chrétiens, avec leurs prédications aériennes, les vertus qu'il leur faut pratiquer, s'ils veulent parvenir aux sommets des tours, images de la perfection que cherchent à atteindre, en s'élevant, les âmes. Suivant une autre exégèse formulée, dans le *Spicilège de Solesmes*, par le pseudo Méliton, évêque de Sardes, les tours représenteraient surtout la Vierge Marie et l'Église veillant sur le salut de la ville qui s'étend sous elle.

Le toit est l'emblème de la charité ; les ardoises sont les chevaliers qui défendent le temple contre les païens, figurés par les orages ; les pierres des murailles, soudées entre elles, certifient d'après Durand de Mende, l'union des âmes, et suivant Hugues de Saint-Victor, le mélange des laïques et des clercs.

Et ces pierres, liées par le ciment, synonyme de la charité, forment les quatre grands murs de la basilique, les quatre Évangélistes, selon Prudence de Troyes, et selon d'autres écrivains, les quatre vertus principales : la Justice, la Force, la Prudence, la Tempérance.

Les fenêtres sont les emblèmes de nos sens qui doivent être fermés aux vanités de ce monde et ouverts aux dons du ciel ; elles sont garnies de vitres, laissant passer les rayons du soleil, du Soleil de Justice qui est Dieu ; elles sont encore les Écritures qui éclairent, mais repoussent le vent, la neige, la pluie, similitudes des hérésies.

Quant aux contreforts, ils symbolisent la force morale qui nous soutient dans la poussée des tentations.

Notre-Dame a trois portails, en l'honneur de la Trinité sainte ; et celui du milieu, dénommé portail royal, est divisé par un pilier sur lequel repose une statue du Christ qui a dit de Lui-même, dans l'Évangile : « Je suis la porte. » Tranchée de cette façon, la porte indique les deux voies que l'homme est libre de suivre.

Et cette allégorie est complétée par l'image du Jugement dernier qui se déroule, au-dessus des chambranles, avisant le pécheur du sort qui l'attend, suivant qu'il s'engagera dans l'une ou dans l'autre de ces deux routes.

Pour résumer en quelques lignes ces données, nous pouvons dire que l'âme chrétienne, partie du sol, du bas des tours, avec la foi dans les vérités primordiales de la religion, stipulées par les groupes des trois porches : la Trinité, que le nombre même de ces porches avère, la croyance en la Divinité du Fils et la Maternité divine de la Vierge, racontée par les statues et les figures, s'élève peu à peu, en pratiquant les vertus désignées par les grands murs, jusqu'au toit, symbole de la Charité qui couvre une multitude de péchés, qui est la vertu par excellence, selon saint Paul.

Il ne lui reste plus dès lors, pour atteindre le Seigneur et se fondre en Lui, qu'à gravir les tours dont les sommets représentent les cimes de la vie parfaite.

Et cet abrégé de la théologie mystique que la façade de Notre-Dame nous enseigne, nous le retrouvons, condensé en d'autres termes, exprimé par d'autres mots, dans son intérieur, par l'ensemble de la nef, du transept et du chœur, ces trois degrés de l'ascèse, la vie purgative, énoncée par les ténèbres de l'entrée, loin de l'autel ; la vie contemplative qui s'éclaire en avançant vers le chœur ; la vie unitive qui ne se réalise que dans la partie attribuée à Dieu, là, où convergent les feux allumés par le Soleil de Justice, dans les vitraux des roses.

La forme intérieure de Notre-Dame est comme celle de la plupart des grandes basiliques, cruciale. Cette forme a été désignée par Jésus même, lorsque dans le deuxième chapitre de l'Évangile, selon saint Jean, il affirme que si les Juifs détruisaient le temple, il le rebâtirait en trois jours et indiquait par cette parabole son propre corps. Il révélait ainsi aux générations futures les dispositions que devaient, après le martyre de la croix, adopter les nouveaux temples.

Prenons-le donc après sa mort – sa tête est le chœur, ses bras tendus sont les deux bras du transept, ses mains percées sont les portes ouvertes au bout des deux allées de ce transept, ses jambes sont la nef, ses pieds troués sont les portes du grand porche. Dans nombre d'églises, mais plus visible qu'à Notre-Dame, l'axe même du sanctuaire dévie, simulant ainsi qu'à Reims, par exemple, l'attitude du corps affaissé sur le bois du supplice.

Les piliers, s'ils s'élèvent au nombre de douze, sont les douze apôtres ; les colonnes signifient les dogmes, d'après saint Nil, les évêques et les docteurs, suivant Durand de Mende et les chapiteaux sont les paroles de l'Écriture ; le pavé est le fondement de la foi et de l'humilité ; le jubé qui a été détruit, était l'image de la montagne sur laquelle prêchait le Christ. La longueur de Notre-Dame personnifie encore la longanimité de l'Église dans les revers ; sa largeur : la charité qui dilate les âmes ; sa hauteur ; la récompense future.

Le chœur et le sanctuaire symbolisent le ciel, tandis que la nef est l'emblème de la terre et comme l'on ne peut franchir le pas qui sépare les deux mondes que par la croix, on plaçait jadis dans toutes les églises, en haut de l'arcade grandiose qui réunit la nef au chœur, un crucifix colossal.

L'ignorance des architectes et l'indifférence des curés ont depuis longtemps fait disparaître de Notre-Dame, comme de presque toutes les basiliques du reste, cette croix gigantesque qui avait cependant sa raison d'être !

Le signe marquant la division des deux mondes, ne subsiste plus maintenant à Notre-Dame que grâce à la grille qui entoure le chœur et limite les deux zones. Saint Grégoire le Grand y voit, en effet, la ligne tracée entre la partie réservée à Dieu et celle affectée à l'homme.

Quant à l'autel, il est le Messie même, le lieu où il appuie sa tête sur la croix, la table de la cène, le gibet sur lequel il répandit son sang, le sépulcre qui renferme son corps ; et il est aussi l'Église, et ses quatre coins sont les quatre coins de l'Univers qu'Elle régit.

Or, derrière cet autel, se creuse l'abside dont la forme est demi-circulaire et cette sorte de conque est le calque de la couronne d'épines qui cerna le chef du Christ. D'habitude, la chapelle du fond est dédiée à la Vierge, pour témoigner par cette place même, la plus éloignée du fond de l'église, qu'Elle est le dernier refuge des pécheurs, mais, ici, où la cathédrale lui est vouée tout entière, Elle n'a pas de chapelle, au bout du chevet et la place qu'Elle n'occupe point est tenue par un oratoire où l'on garde les réserves du Saint-Sacrement.

La Vierge est encore manifestée par la sacristie d'où le prêtre qui est le suppléant du Fils, sort, après s'être habillé des vêtements sacerdotaux, comme Jésus sortit du sein de sa Mère, après s'être couvert d'un vêtement de chair.

Il faut toujours le répéter, toute partie d'une cathédrale est la traduction d'une vérité théologique, et dans l'architecture scripturale, tout se tient.

Notre-Dame de Paris, pour la récapituler, n'est qu'une des pages du grand livre de pierre écrit au XIIIe siècle sur notre sol et elle ne fait qu'enseigner dans l'Île de France les mêmes doctrines de la théologie mystique qu'enseignent en même temps, dans la Beauce, dans la Picardie, dans la Champagne, ses sœurs de Chartres, d'Amiens, de Reims, en nous bornant à en citer trois ; elle se sert du même idiome qu'elles et cette unanimité de doctrine et d'expression se comprend si l'on considère que les artistes n'ont jamais été, à cette époque, que les interprètes de la pensée de l'Église. Ainsi que le fait justement remarquer M. Mâle, dans son substantiel volume sur *L'Art religieux au XIIIe siècle,* dès 787, les

Pères du second Concile de Nicée déclaraient que la composition des images n'était pas laissée à l'initiative des artistes ; elle relevait des principes posés par l'Église et la tradition religieuse et les Pères ajoutent encore : « L'art seul appartient aux artistes, l'ordonnance et la disposition nous appartiennent. »

Il y eut donc immuabilité d'enseignement et de langue et les maîtres maçons et les imagiers n'eurent qu'à se conformer aux principes de la symbolique que leur indiquaient les moines ou les prêtres.

Mais ce dialecte hermétique, clair pour ceux qui le parlaient et pour les artistes qui l'entendaient, était-il compris du peuple ?

Nous pouvons le croire, d'après les quelques renseignements que nous possédons ; Yves de Chartres nous affirme, en effet, que le clergé apprenait la science des symboles au peuple et il résulte également des recherches de dom Pitra, qu'au Moyen Âge, l'œuvre du pseudo Méliton, qui contient une clef des allégories employées par l'Église, était populaire et connue de tous.

Cette symbolique officielle, si l'on peut

dire, était donc accessible à tous les croyants, mais il en est une autre qui figure à Notre-Dame de Paris, une symbolique occulte, compréhensible seulement pour quelques initiés ; celle-là dérive de ce que l'on nomme les sciences maudites, très pratiquées au Moyen Âge. A-t-elle été insérée, à l'insu du clergé qui n'y vit goutte, sur certaines parties de la façade, ou les formules en furent-elles dictées aux imagiers par un prêtre adepte de l'astrologie et de l'alchimie, on ne le saura jamais ; ce qui semble le plus probable, c'est que les dresseurs de thèmes généthliaques et les souffleurs de cornues ont cru découvrir, après coup, dans des sujets purement religieux, des intentions qui n'y étaient pas.

Toujours est-il que Notre-Dame de Paris est peut-être une des seules cathédrales en France où de semblables secrets auraient été cachés sous le voile apparent des Écritures.

Deux des portails de la façade, le portail royal, celui du milieu, et celui de Sainte-Anne et de Saint-Marcel qui longe le quai, sont ceux devant lesquels se sont réunis, au Moyen Âge et depuis, les adeptes de l'astrologie et les philosophes de la chrysopée.

Au portail royal, quatre figures sont censées représenter les symboles de la pierre philosophale ; elles sont contenues dans quatre médaillons qui se font vis-à-vis, deux par deux et qui sont encastrés, non dans le portail même, mais dans les contreforts. Ils sont là, très en évidence, séparés de tout l'ensemble décoratif de la porte. Ils représentent : à gauche, le premier, en partant du haut, Job sur son fumier rongé par des vers que l'on voit et entouré d'amis ; le second : un personnage étêté et manchot qui traverse, appuyé sur un bâton ou sur une lance, un torrent. Dans sa monographie de la cathédrale de Paris, M. de Guilhermy déclare qu'il est impossible d'identifier cette figure. Il est, en effet, difficile de savoir de quel nom ce bonhomme s'appelle. Il a l'attitude de saint Christophe, franchissant, appuyé sur son bâton, une rivière, et l'arc et les flèches que l'on aperçoit à ses pieds seraient bien ses attributs, car il fut avant que d'être décapité, tué à coups de flèches et devint même, à cause de ce genre de supplice, le patron des arbalétriers, mais la place en haut du médaillon, pour y loger l'Enfant Jésus sur ses épaules, manque et d'ailleurs nul indice n'existe d'une statuette brisée, près du dos et de la tête cassée du saint. Ce n'est donc point le Christophore, et ce passant garde jusqu'à nouvel ordre l'anonymat.

De l'autre côté, maintenant, à droite, en partant toujours du haut, nous trouvons Abraham prêt à sacrifier son fils et dont un ange arrête le bras, lequel bras a disparu, ainsi qu'Isaac tout entier et une bonne partie de l'ange – enfin près d'une tour, un guerrier casqué et vêtu d'une cotte d'armes, protégé par un bouclier, qui lance contre le soleil un javelot. Celui-là serait Nemrod qui, d'après une ancienne tradition, serait monté sur une tour pour livrer bataille au ciel et à ses habitants.

Si nous nous plaçons au point de vue de la symbolique chrétienne, ces bas-reliefs ne suscitent aucune difficulté d'interprétation ; les sujets, sauf celui du faux saint Christophe, sont clairs, et les enseignements lucides ; mais, il faut bien l'avouer, ils sont étrangement mis à part ; ils ne présentent aucun sens dans l'ensemble sculpté du portail ; ils constituent, en somme, des phrases isolées, sans rapport entre elles.

Si nous acceptons le point de vue de la symbolique spagyrique, nous pouvons reconnaître avec le vieil hermétiste Gobineau de Montluisant, que Job est une image de la pierre philosophale qui passe par les épreuves avant que d'atteindre son degré de perfection ; qu'Abraham est l'alchimiste, le souffleur ; Isaac, la matière à jeter dans le creuset ; l'ange, le feu qui sert à opérer la transmutation de la matière en or. Restent le pseudo-Christophe et le Nemrod, mais les grimoires de l'alchimie ne nous renseignent guère sur le sens précis de ces figures.

D'autre part, les astrologues qui désignent, de temps immémorial, ce portail sous le nom de porche de l'astrologie, ont toujours vu dans les tableaux qu'il représente, une image de la Vierge astronomique et dans le Christ, accompagné de ses apôtres, la figure du soleil qui monte à l'horizon, entouré des signes du zodiaque. Que cette opinion soit fondée ou non, il faut avouer qu'elle a eu raison de se produire, car c'est à elle que nous devons d'avoir conservé une partie du porche. Et, en effet, en août 1793, la Commune avait décrété la destruction de tous ces simulacres de la vieille superstition religieuse ; et ce fut le citoyen Chaumette qui réclama en faveur de la science, déclarant que ce portail constituait un cours d'astronomie et avait servi à Dupuis pour établir son système planétaire – et le portail fut sauvé. Ce portail royal était et est donc encore revendiqué par les partisans de l'astrologie et les hermétistes. – Le portail voisin de Sainte-Anne et de Saint-Marcel l'était et l'est encore par les alchimistes seuls.

À les entendre, le récipé, le secret de la sublime pierre des sages est inscrit sous la statue qui se dresse sur le trumeau, tranchant en deux la porte. Cette statue portraiture un évêque, debout, mitré et crossé, bénissant d'une main ses visiteurs et foulant aux pieds un dragon qui sort d'une sorte de chapelle funéraire où une femme morte est assise dans un linceul enveloppé de flammes.

La lecture de cette scène est très simple. Il suffit d'ouvrir les Bollandistes. La légende de saint Marcel, neuvième évêque de Paris, raconte, en effet, que ce saint délivra la ville d'un horrible dragon qui avait établi son gîte dans le cercueil d'une femme adultère, décédée, sans avoir eu le temps de se repentir et sans avoir reçu les sacrements ; le saint frappa de sa crosse le monstre, lui entoura le cou de son étole, l'emmena à quelques lieues de Paris, dans un désert, et, là, lui intima l'ordre, auquel d'ailleurs il obéit, de ne jamais plus retourner dans la ville.

La version des alchimistes est autre. Dans son cours de philosophie hermétique, Cambriel explique ainsi cette figure :

Sous les pieds de l'évêque, sur le socle même de sa statue, de chaque côté, deux ronds de pierre sont sculptés. Les ronds de droite seraient les images de la nature métallique brute, telle qu'on l'extrait de la mine, les ronds de gauche négligés comme les premiers par la symbolique chrétienne, seraient la même nature métallique mais purifiée ; et celle-là se rapporterait à la figure humaine, assise, dans la chapelle sépulcrale, et qui a pris naissance dans le feu dont son linceul s'entoure. De cette fournaise tombale qui serait l'œuf philosophique, placé dans l'athanor, le dragon, né à son tour de la figure humaine, serait en s'élevant hors du fourneau, en plein air, sous les pieds du saint, le dragon babylonien dont parle Nicolas Flamel, autrement dit, le mercure philosophal, le lait de la Vierge, la substance même qui change par une projection le plomb en or.

Dans cette interprétation, saint Marcel ne nous bénirait plus, mais il ferait un geste de circonspection, qui signifierait : taisez-vous, gardez le secret si vous l'avez compris.

Que ces explications soient erronées ou exactes, peu importe ; ce qu'il faut retenir c'est que, plus que ses congénères, Notre-Dame de Paris est mystérieuse, plus savante peut-être, mais moins pure, car elle est à la fois catholique et occulte et elle greffe sur la symbolique chrétienne les secrets de la kabbale.

En tout cas, ces discussions ne prouvent-elles pas que, sauf de nos jours, Notre-Dame fut toujours envisagée, telle qu'un traité de symbolique, s'exprimant à mots couverts, parlant, à l'exemple du Christ, en paraboles ? Les archéologues, les architectes l'ont disséquée, ainsi que ferait un médecin d'un cadavre ; c'est très bien, l'anatomie de son corps est désormais connue ; les romanciers, comme Victor Hugo ont fait d'elle un décor plus ou moins véridique pour y loger des personnages fabriqués de toutes pièces, et cependant le poète a été le seul, alors, qui ait eu une vague intuition de la symbolique du Moyen Âge, lorsqu'il a écrit sa comparaison fantaisiste de la façade royale, trouée d'une grande fenêtre flanquée de deux petites, ainsi que le prêtre est flanqué, pendant la messe, du diacre et du sous-diacre, à l'autel. Il reste désormais à décrire, autrement qu'en un rapide abrégé, ses aîstres spirituels, sa vie intérieure, son âme, en un mot. La vraie monographie de notre cathédrale serait celle-là ; mais le positivisme architectural ne fait que s'accroître, et, malheureusement, le clergé s'éloigne de plus en plus des questions qu'il aurait pourtant intérêt à ne pas dédaigner.

Le Tour de France, 15 avril 1905.

Notre-Dame de Chartres

ENTRETIEN SUR *LA CATHÉDRALE*

Il était d'usage, au siècle dernier, à l'Académie des beaux-arts, que tout nouvel élu offrît aux confrères qui l'avaient nommé une œuvre qu'on appelait le « morceau de réception ». Désigné par le maître regretté Edmond de Goncourt pour faire partie de l'Académie des Dix, M. Joris-Karl Huysmans se prépare à publier son « morceau de réception », un roman tout à fait original intitulé : *La Cathédrale*.

Au cours d'une visite que nous lui avons faite, M. Huysmans a bien voulu nous donner des détails sur cette œuvre prochaine, et même nous permettre d'en citer quelques extraits à nos lecteurs.

– *La Cathédrale*, nous a-t-il dit, c'est la suite de *En route*. Mais, avant tout, il est un point sur lequel je voudrais bien qu'il n'y eût aucune confusion. De ce qu'on a trouvé, dans mon Durtal d'*En route*, quelque ressemblance avec moi-même, on en a conclu que, comme lui, j'avais des dispositions à faire profession religieuse. C'est une erreur. On ne peut répondre de l'avenir, mais, jusqu'à présent, je n'ai pas la moindre intention d'endosser la « coule » du moine.

Certes, j'aime ces bons moines, si peu connus, même de ceux qui en parlent le plus. Il m'en vient chez moi qui veulent bien être mes amis : des bénédictins, des trappistes. Pas de jésuites, par exemple, ce ne sont pas des moines. Et, à ce propos, une particularité ignorée. La règle, si scrupuleuse et si rigide, des pères de la Trappe, s'adoucit cependant lorsqu'ils sont hors de leur couvent. Au couvent, ils ne peuvent manger – exclusivement – que des légumes accommodés à l'huile chaude. Dehors, ils doivent « accepter ce qu'on leur offre ». Ainsi, à ma table, ils ne refusent point la côtelette de l'amitié ; seulement, ils se contentent d'en manger une bouchée, et se rattrapent sur les légumes et les fruits.

Quoiqu'il ne soit pas trop mauvais, mon estomac n'en est pas encore arrivé à ce degré d'excellence.

– Alors *La Cathédrale* ?

– *La Cathédrale*, c'est la suite d'*En route*. Sujet fort simple, en somme. Dans *En route*, j'ai montré l'influence de la musique sacrée sur une âme qui cherche l'équilibre et la quiétude, et qui voudrait vaincre un corps énervé, au sang brûlé de fièvre, aux nerfs exaspérés par les excès des sens. Sans ce plain-chant si grave, si élevé, si magnifique en sa simplicité apparente, sans ce plain-chant qui vous emporte sur les ailes d'une prière pure vers les régions immatérielles, Durtal, mon héros, n'irait assurément pas faire retraite à la Trappe. Il ne sentirait point assez de sincérité en lui pour aller confesser ses fautes et se fondre dans la chaleur de l'amour divin.

Eh bien ! Ce que j'ai fait dans *En route*, pour la musique sacrée, je veux le faire pour l'architecture, pour la peinture et pour la sculpture du Moyen Âge religieux dans *La Cathédrale*.

Comme affabulation, presque rien, pour ainsi dire. Le conseiller de Durtal, mon abbé Gévresin, – qui, par parenthèse, n'est nullement inventé par moi, – est nommé chanoine à la cathédrale de Chartres ? En conséquence, il se rend dans la vieille cité beauceronne, où il invite Durtal à lui faire visite. Celui-ci tergiverse un peu, – vous avez dû remarquer que l'hésitation est souvent la caractéristique de son état d'âme ; puis il se décide, et un beau jour il arrive à Chartres.

De là, deux études parallèles : celle de la vie qu'on mène en une petite ville provinciale, peu industrielle, à peu près sans commerce, où l'évêque a conservé une grande influence sur « la société » ; puis l'étude approfondie de la cathédrale.

En ce qui concerne la ville, je la connais parfaitement, y allant quasi régulièrement depuis plusieurs années. Mais ce à quoi je m'attacherai surtout, c'est à mon étude de la cathédrale.

Une merveille gothique, cette superbe Notre-Dame de Chartres. J'ai aussi étudié, comme bien vous le pensez, les cathédrales d'Amiens, de Beauvais, de Reims, de Rouen et de Bourges, pour ne citer que les principales. J'en ai des photographies en nombre considérable ; mais c'est Notre-Dame de Chartres dont je m'occuperai spécialement, ne parlant des autres qu'en manière de comparaison. Elles sont bien belles aussi pourtant, mais aucune ne me satisfait pleinement.

– Amiens ?

– Oui, Amiens est splendide, mais n'a plus de vitraux. C'est navrant, terne, glacial, sans jeux de lumière... Une cathédrale sans vitraux est une cathédrale morte. Tandis que Chartres est intacte à cet égard et s'anime d'une vie incomparable aux jeux de lumière de ses verrières sans rivales.

– Alors, votre choix s'est arrêté sur Notre-Dame de Chartres ?

– Oui, et j'y ai surtout cherché la « symbolique » de ces religieux monuments du Moyen Âge. Que de bouquins j'ai dû feuilleter ! Car d'ouvrage spécial sur la matière, il n'y en a pas. C'est tel passage d'un mystique, rapproché de telle page d'un gnostique, qui m'a fourni tel renseignement.

Ici, dans cet étroit cabinet, sur cette petite table, j'ai ouvert et annoté tous les livres que vous voyez sur les rayons de cette bibliothèque, – sans compter ceux empruntés à la Mazarine, à la Génovéfine, voire à la Nationale, mais je n'aime réellement que mes livres à moi, recueillis partout, jusque dans la boîte à deux sous des bouquinistes des quais lesquels parfois m'en ont appris davantage que les incunables les plus précieux. D'ailleurs en fait d'incunables, j'ai le mien, cette *Légende dorée*, l'un des plus beaux manuscrits que je connaisse.

Savez-vous que j'en suis arrivé à savoir la signification des couleurs dans les peintures mystiques des Primitifs ? On s'imagine que les peintres religieux d'alors se servaient indifféremment de ces tons souvent si crus et hurlant de se trouver côte à côte. C'est une erreur. Dans les peintures, dans les vitraux, chaque ton a sa raison symbolique, que je suis parvenu à déterminer. Tenez, voici un extrait de *La Cathédrale*, où j'analyse, à ce point de vue, le célèbre *Couronnement de la Vierge*, de Fra Angelico :

Il est permis de croire que Fra Angelico a choisi les couleurs pour les allégories qu'elles expriment : le bleu, parce qu'il signifie la pureté ; le rose, l'amour de la sagesse divine ; le blanc, la candeur ; le vert, la régénération, l'espoir de la créature déchue ; le rouge éclatant, la charité, la souffrance et l'amour, et que, par contre, il s'est volontairement abstenu d'employer les couleurs qui indiquent la qualité des vices : le brun, le tanné, qui composé de rouge et de noir, de fumée obscurcissant le feu divin, est satanique ; le jaune, qui souvent attribué à Judas, est l'indice de la trahison et de l'envie ; le violet, qui désigne la douleur et le deuil, est, en quelque sorte, la triste livrée des exorcismes.

Ainsi les couleurs des ornements sacerdotaux ont leur signification symbolique. Le blanc, c'est la joie divine ; le noir, c'est le deuil ; le rouge, c'est le sang des martyrs ; le vert, c'est l'espoir des confesseurs. Aux jours de grande solennité, il y a des chasubles, des chapes, des dalmatiques en drap d'or, mais la couleur jaune n'existe pas dans le rituel, et ces riches ornements sont considérés comme blancs.

Quant à l'architecture et à la sculpture, ajoute M. Huysmans, elles tiennent dans mon livre une si grande place que je n'en saurais parler brièvement. Ai-je bien fait ressortir la sublime beauté de cet art gothique auquel la France du nord de la Loire doit son incomparable écrin de cathédrales. C'est mon désir le plus sincère. Vous connaissez le proverbe normand, qui dit que si l'on voulait édifier une basilique parfaite, il faudrait réunir en elle le chœur de Beauvais, les nefs d'Amiens, le clocher de Chartres et le portail de Reims ? Voilà pour l'architecture, mais pour « l'écriture » ! Enfin, quoi qu'il en soit, l'influence de ma cathédrale sera telle sur Durtal qu'elle conduira définitivement mon héros chez les trappistes, où il entrera définitivement, sans prononcer ses vœux définitifs. Ce sera le sujet de *L'Oblat*.

L'Écho de Paris, 28 août 1896.

« LE ROMAN ET LE GOTHIQUE »

Au fond, se disait Durtal qui rêvait sur la petite place, au fond, personne ne connaît au juste l'origine des formes gothiques d'une cathédrale. Les archéologues et les architectes ont vainement épuisé toutes les suppositions, tous les systèmes ; qu'ils soient d'accord pour assigner une filiation orientale au roman, cela peut, en effet, se prouver. Que le roman procède de l'art latin et byzantin, qu'il soit, suivant une définition de Quicherat, « le style qui a cessé d'être romain, quoiqu'il tienne beaucoup du romain, et qui n'est pas encore gothique, bien qu'il ait déjà quelque chose du gothique », j'y consens ; et encore, si l'on examine les chapiteaux, si l'on scrute leurs contours et leurs dessins, s'aperçoit-on qu'ils sont beaucoup plus assyriens et persans que romains et byzantins et gothiques ; mais quant à avérer la paternité même du style ogival, c'est autre chose. Les uns prétendent que l'arc tiers-point existait en Égypte, en Syrie, en Perse ; les autres le considèrent ainsi qu'un dérivé de l'art sarrasin et de l'art arabe ; et rien n'est moins démontré, à coup sûr.

Puis, il faut bien le dire tout de suite, l'ogive ou plutôt l'arc tiers-point que l'on s'imagine encore être le signe distinctif d'une ère en architecture, ne l'est pas en réalité, comme l'ont très nettement expliqué Quicherat et, après lui, Lecoy de la Marche. L'École des Chartes a, sur ce point, culbuté les rengaines des architectes et démoli les lieux communs des bonzes. Du reste, les preuves de l'ogive employée en même temps que le plein-cintre, d'une façon systématique, dans la construction d'un grand nombre d'églises romanes, abondent : à la cathédrale d'Avignon, de Fréjus, à Notre-Dame d'Arles, à Saint-Front de Périgueux, à Saint-Martin d'Ainay à Lyon, à Saint-Martin-des-Champs à Paris, à Saint-Étienne de Beauvais, à la cathédrale du Mans et en Bourgogne, à Vézelay, à Beaune, à Saint-Philibert de Dijon, à la Charité-sur-Loire, à Saint-Ladre d'Autun, dans la plupart des basiliques issues de l'école monastique de Cluny.

Mais tout cela ne renseigne point sur le lignage du gothique qui demeure obscur, peut-être parce qu'il est très clair. Sans se gausser de la théorie qui consiste à ne voir dans cette question qu'une question matérielle, technique, de stabilité et de résistance, qu'une invention de moines ayant découvert un beau jour que la solidité de leurs voûtes serait mieux assurée par la forme en mitre de l'ogive que par la forme en demi-lune du plein-cintre, ne semble-t-il pas que la doctrine romantique, que la doctrine de Chateaubriand dont on s'est beaucoup moqué et qui est de toutes la moins compliquée, la plus naturelle, soit, en effet, la plus évidente et la plus juste.

Il est à peu près certain pour moi, poursuivit Durtal, que l'homme a trouvé dans les bois l'aspect si discuté des nefs et de l'ogive. La plus étonnante cathédrale que la nature ait, elle-même, bâtie, en y prodiguant l'arc brisé de ses branches, est à Jumièges. Là, près des ruines magnifiques de l'abbaye qui a gardé intactes ses deux tours et dont le vaisseau décoiffé et pavé de fleurs rejoint un chœur de frondaisons cerclé par une abside d'arbres, trois immenses allées, plantées de troncs séculaires, s'étendent en ligne droite ; l'une, celle du milieu, très large, les deux autres, qui la longent, plus étroites ; elles dessinent la très exacte image d'une nef et de ses bas-côtés, soutenus par des piliers noirs et voûtés par des faisceaux de feuilles. L'ogive y est nettement feinte par les ramures qui se rejoignent, de même que les colonnes qui la supportent sont imitées par les grands troncs. Il faut voir cela, l'hiver, avec la voûte arquée et poudrée de neige, les piliers blancs tels que des fûts de bouleaux, pour comprendre l'idée première, la semence d'art qu'a pu faire lever le spectacle de semblables avenues, dans l'âme des architectes qui dégrossirent, peu à peu, le roman et finirent par substituer complètement l'arc pointu à l'arche ronde du plein-cintre.

Et il n'est point de parcs, qu'ils soient plus ou moins anciens que le bois de Jumièges, qui ne reproduisent avec autant d'exactitude les mêmes contours ; mais ce que la nature ne pouvait donner c'était l'art prodigieux, la science symbolique profonde, la mystique éperdue et placide des croyants qui édifièrent les cathédrales. – Sans eux, l'église restée à l'état brut, telle que la nature la conçut, n'était qu'une ébauche sans âme, un rudiment ; elle était l'embryon d'une basilique, se métamorphosant, suivant les saisons et suivant les jours, inerte et vivante à la fois, ne s'animant qu'aux orgues mugissantes des vents, déformant le toit mouvant de ses branches, au moindre souffle ; elle était inconsistante et souvent taciturne, sujette absolue des brises, serve résignée des pluies ; elle n'était éclairée, en somme, que par un soleil qu'elle tamisait dans les losanges et les cœurs de ses feuilles, ainsi qu'entre des mailles de carreaux verts. L'homme, en son génie, recueillit ces lueurs éparses, les condensa dans des rosaces et dans des lames, les reversa dans les allées des futaies blanches ; et même par les temps les plus sombres, les verrières resplendirent, emprisonnèrent jusqu'aux dernières clartés des couchants, habillèrent des plus fabuleuses splendeurs le Christ et la Vierge, réalisèrent presque sur cette terre la seule parure qui pût convenir aux corps glorieux, des robes variées de flammes !

Elles sont surhumaines, vraiment divines, quand on y songe, les cathédrales !

Parties, dans nos régions, de la crypte romane, de la voûte tassée comme l'âme par l'humilité et par la peur, se courbant devant l'immense Majesté dont elles osaient à peine chanter les louanges, elles se sont familiarisées, les basiliques, elles ont faussé d'un élan le demi-cercle du cintre, l'ont allongé en ovale d'amande, ont jailli, soulevant les toits, exhaussant les nefs, babillant en mille sculptures autour du chœur, lançant au ciel, ainsi que des prières, les jets fous de leurs piles ! Elles ont symbolisé l'amicale tendresse des oraisons ; elles sont devenues plus confiantes, plus légères, plus audacieuses envers Dieu.

Toutes se mettent à sourire dès qu'elles quittent leur ossature chagrine et s'effilent.

Le roman, je me figure qu'il est né vieux, poursuivit Durtal, après un silence. Il demeure, en tout cas, à jamais ténébreux et craintif.

Encore qu'il ait atteint, à Jumièges, par exemple, avec son énorme arc-doubleau qui s'ouvre en un porche géant dans le ciel, une admirable ampleur, il reste quand même triste. Le plein-cintre est en effet incliné vers le sol, car il n'a pas cette pointe qui monte en l'air, de l'ogive.

Ah ! les larmes et les dolents murmures de ces épaisses cloisons, de ces fumeuses voûtes, de ces arches basses pesant sur de lourds piliers, de ces blocs de pierre presque tacites, de ces ornements sobres racontant en peu de mots leurs symboles ! le roman, il est la Trappe de l'architecture ; on le voit abriter des ordres austères, des couvents sombres, agenouillés dans de la cendre, chantant, la tête baissée, d'une voix plaintive, des psaumes de pénitence. Il y a de la peur du péché, dans ces caves massives et il y a aussi la crainte d'un Dieu dont les rigueurs ne s'apaisèrent qu'à la venue du Fils. De son origine asiatique, le roman a gardé quelque chose d'antérieur à la Nativité du Christ ; on y prie plus l'implacable Adonaï que le charitable Enfant, que la douce Mère. Le gothique, au contraire, est moins craintif, plus épris des deux autres Personnes et de la Vierge ; on le voit abritant des ordres moins rigoureux et plus artistes ; chez lui, les dos terrassés se redressent, les yeux baissés se relèvent, les voix sépulcrales se séraphisent.

Il est, en un mot, le déploiement de l'âme dont l'architecture romane énonce le repliement. C'est là, pour moi, du moins, la signification précise de ces styles, s'affirma Durtal.

Ce n'est pas tout, reprit-il ; l'on peut encore déduire de ces remarques une autre définition :

Le roman allégorise l'Ancien Testament, comme le Gothique le Neuf.

Leur similitude est, en effet, exacte, quand on y réfléchit. La Bible, le livre inflexible de Jehovah, le code terrible du Père, n'est-il pas traduit par le roman dur et contrit et les Évangiles si consolants et si doux, par le gothique plein d'effusions et de câlineries, plein d'humbles espoirs ?

Si tels sont ces symboles, il semble alors que ce soit bien souvent le temps qui se substitue à la pensée de l'homme pour réaliser l'idée complète, pour joindre les deux styles, ainsi que le sont, dans l'Écriture Sainte, les deux Livres ; et certaines cathédrales nous offrent encore un spectacle curieux. Quelques-unes, austères, dès leur naissance, s'égaient, se prennent à sourire dès qu'elles s'achèvent. Ce qui subsiste de la vieille église abbatiale de Cluny est, à ce point de vue, typique. Elle est à coup sûr, avec celle de Paray-le-Monial restée entière, l'un des plus magnifiques spécimens de ce style roman bourguignon qui décèle malheureusement, avec ses pilastres cannelés, l'affligeante survie d'un art grec, importé par les Romains en France. Mais, en admettant que ces basiliques, dont l'origine peut se placer entre 1000 et 1200, soient, en suivant les théories de Quicherat qui les cite, purement romanes, leurs contours se mélangent déjà et les liesses de l'ogive, en tout cas, y naissent.

Là, ce n'est plus ainsi qu'à Notre-Dame la Grande de Poitiers la façade romane, minuscule et festonnée, flanquée, à chaque aile, d'une courte tour surmontée d'un cône pesant de pierre, taillé à facettes comme un ananas. À Paray, la puérile décoration et la lourde richesse de Poitiers ne sont plus. La robe barbare de ce petit joujou d'église qu'est Notre-Dame la Grande, est remplacée par le suaire d'une muraille plane ; mais l'extérieur ne s'atteste pas moins singulièrement imposant, avec la simplesse solennelle de ses formes.

Ne sont-elles pas admirables ces deux tours carrées, percées d'étroites fenêtres, dominées par une tour ronde qui pose si placidement, si fermement, sur une galerie ajourée de colonnes unies par la faucille d'un cintre, un clocher tout à la fois noble et agreste, allègre et fort ?

Et l'auguste simplicité de cet extérieur d'église se répercute dans l'intérieur de ses nefs.

Là pourtant, le roman a déjà perdu son allure souffrante de crypte, son obscure physionomie de cellier persan. La puissante armature est la même ; les chapiteaux gardent encore l'enroulement des flores musulmanes, le fabuleux alibi des contours assyriens, le rappel des arts asiatiques transférés sur notre sol, mais déjà le mariage des baies différentes s'opère, les colonnes s'efforcent, les piliers se haussent, les grands arcs s'assouplissent, décrivent une trajectoire plus rapide et moins brève ; et les murs droits, énormes et déjà légers, ouvrent, à des altitudes prodigieuses, des trous ménagés de jour.

À Paray, le plein-cintre s'harmonise déjà avec l'ogive qui s'affirme dans les cimes de l'édifice et annonce, en somme, une ère d'âme moins plaintive, une conception plus affectueuse, moins rêche du Christ, qui prépare, qui révèle déjà le sourire indulgent de la Mère.

Mais, se dit tout à coup Durtal, si mes théories sont justes, l'architecture qui symboliserait, seule, le catholicisme, en son entier, qui représenterait la Bible complète, les deux Testaments, ce serait ou le roman ogival ou l'architecture de transition, mi-romane et mi-gothique.

Diantre, fit-il, amené à une conclusion qu'il n'avait pas prévue ; il est vrai qu'il n'est peut-être point indispensable que le parallélisme ait lieu dans l'église même, que les Saintes Écritures soient réunies en un seul tome ; ainsi, ici même, à Chartres, l'ouvrage est intégral, bien que contenu en deux volumes séparés, puisque la crypte sur laquelle la cathédrale gothique repose est romane.

C'est même, de la sorte, plus symbolique ; et cela confirme l'idée des vitraux dans lesquels les prophètes soutiennent sur leurs épaules les quatre écrivains des Évangiles ; l'Ancien Testament sert, une fois de plus, de socle, de base, au Neuf.

Ce roman, quel tremplin de rêves ! reprenait Durtal ; n'est-il pas également la châsse enfumée, l'écrin sombre destiné aux Vierges noires ? Cela paraît d'autant moins indécis que les Madones de couleur sont toutes grosses et trapues, qu'elles ne se joncent point telles que les Vierges blanches des gothiques. L'école de Byzance ne comprenait Marie que basanée, « couleur d'ébeine grise luysante », ainsi que l'écrivent ses vieux historiens ; seulement elle la sculptait ou la peignait, contrairement au texte du Cantique, noire mais peu belle. Ainsi conçue, Elle est bien une Vierge morose, éternellement triste, en accord avec les caves qu'Elle habite. Aussi sa présence est-elle toute naturelle dans la crypte de Chartres, mais dans la cathédrale même, sur le pilier où Elle se dresse encore, n'est-elle pas étrange, car Elle n'est point dans son véritable milieu, sous la blanche envolée des voûtes ?

[...]

Après qu'ils eurent mangé leurs œufs à la coque, la conversation, qui s'était jusqu'alors éparpillée au hasard des sujets, se concentra sur la cathédrale.

— Elle est la cinquième édifiée sur la grotte des Druides, dit l'abbé Plomb ; son histoire est étrange.

La première, érigée du temps des Apôtres, par l'évêque Aventin, fut rasée jusqu'au niveau du sol. Rebâtie par un autre prélat du nom de Castor, elle fut brûlée, en partie, par Hunald duc d'Aquitaine, restaurée par Godessald, incendiée à nouveau par Hastings, chef des Normands, réparée, une fois de plus, par Gislebert et enfin complètement détruite par Richard, duc de Normandie, lors du siège de la ville qu'il mit à sac.

Nous ne détenons pas de bien véridiques documents sur ces deux basiliques : tout au plus, savons-nous que le gouverneur romain, du pays de Chartres démolit de fond en comble la première, égorgea un grand nombre de chrétiens, au nombre desquels sa fille Modeste, et fit jeter leurs cadavres dans un puits creusé près de la grotte et qui a reçu le nom de puits des Saints Forts.

Un troisième sanctuaire, construit par l'évêque Vuiphard, fut consumé en 1020, sous l'épiscopat de saint Fulbert qui fonda une quatrième cathédrale ; celle-ci fut calcinée, en 1194, par la foudre qui ne laissa debout que les deux clochers et la crypte.

La cinquième enfin, élevée sous le règne de Philippe-Auguste, alors que Régnault de Mouçon était évêque de Chartres, est celle que nous voyons aujourd'hui et qui fut consacrée, le 17 octobre 1260, en présence de Saint Louis ; elle n'a cessé de passer par la fournaise. En 1506, le tonnerre tombe sur la flèche du Nord dont la carcasse était en bois revêtue de plomb ; une épouvantable tempête, qui dure de six heures du soir jusqu'à quatre heures du matin, attise le feu dont la violence devient telle qu'il fond comme des pains de cire les six cloches. L'on parvient à limiter les ravages des flammes et l'on ravitaille l'église. Dès lors, le fléau ne cesse plus. En 1539, en 1573 en 1589, la foudre croule sur le clocher neuf. Plus d'un siècle s'écoule, et tout recommence en 1701 et en 1740, la même flèche est encore atteinte.

Elle demeure indemne, jusqu'en 1825, année pendant laquelle le tonnerre la bat et l'ébranle, le lundi de la Pentecôte, tandis que l'on chante le Magnificat, aux Vêpres.

Enfin, le 4 juin 1836, un formidable incendie, déterminé par l'imprudence de deux plombiers qui travaillent dans les faîtes, éclate. Il persiste pendant onze heures et ruine toute la charpente, la forêt entière de la toiture ; c'est miracle que l'église n'ait pas complètement disparu, dans cette tourmente.

Avouez, Monsieur, que cette continuité de catastrophes est surprenante.

— Oui, et ce qui est aussi bizarre fit l'abbé Gévresin, c'est l'acharnement que met à la renverser le feu du ciel.

— Comment expliquer cela ? demanda Durtal.

— L'auteur de *Parthénie*, Sébastien Rouillard, pense que c'est en expiation de certains péchés, que ces désastres furent permis et il insinue que la combustion de la troisième cathédrale fut peut-être légitimée par l'inconduite de certains pèlerins, qui couchaient en ce temps, hommes et femmes, pêle-mêle, dans la nef. D'autres croient que le Démon, qui peut mésuser de la foudre, en certains cas, a voulu supprimer à tout prix ce sanctuaire.

— Mais alors, pourquoi la Vierge ne l'a-t-elle pas mieux défendu ?

— Remarquez bien qu'Elle l'a, nombre de fois, empêché d'être intégralement réduit en cendres, mais cela n'est pas, en effet, moins singulier. Songez que Chartres est le premier oratoire que Notre-Dame ait eu en France. Il se relie aux temps messianiques, car bien avant que la fille de Joachim ne fût née, les Druides avaient instauré, dans la grotte qui est devenue notre crypte, un autel à la « Vierge qui devait enfanter » « *Virgini Pariturœ* ». Ils ont eu, par une sorte de grâce, l'intuition d'un Sauveur dont la Mère serait sans tache ; il semble donc qu'à Chartres, plus que dans tout autre lieu, il y ait de très vieux liens d'amitié avec Marie ; l'on comprend dès lors que Satan se soit entêté à les rompre.

[…]

Remarquez, d'autre part, cette tendance du tonnerre à choir non sur le clocher vieux, mais sur le clocher neuf ; je crois qu'aucune raison météorologique ne saurait justifier cette préférence ; et si je considère attentivement les deux flèches, je suis frappé de la délicatesse des végétations courant sous des dentelles, de tout le côté gracile et coquet du clocher neuf. L'autre, au contraire, n'a ni un ornement, ni une guipure ; il est simplement papelonné comme un homme d'armes d'écailles ; il est sobre et sévère, altier et robuste. L'on dirait vraiment que l'un est féminin et que l'autre appartient au sexe mâle. Ne peut-on, dès lors, leur faire symboliser au premier la Vierge et au second le Fils ? Dans ce cas, ma conclusion ne diffère point de celle que vient de nous exposer Monsieur l'abbé ; les incendies seraient attribuables à Satan qui s'acharnerait sur l'image de Celle qui a le pouvoir de lui écraser le chef.

[…]

— En somme, reprit l'abbé Gévresin, après un silence, la cathédrale actuelle est du XIIe et du XIIIe siècle, sauf, bien entendu, le clocher neuf et de nombreux détails.

— Oui.

— Et l'on ignore le nom des architectes qui l'édifièrent ?

— Comme celui de presque tous les constructeurs de basiliques, répliqua l'abbé Plomb. L'on peut admettre cependant qu'au XIIe et au XIIIe siècle, ce furent les Bénédictins de l'abbaye de Tiron qui dirigèrent les travaux de notre église ; ce monastère avait, en effet, établi, en 1117, un couvent à Chartres ; nous savons également que ce cloître contenait plus de cinq cents religieux de tous arts et que les sculpteurs et les imagiers, les maçons-carriers ou maîtres de pierre vivel y abondaient. Il serait donc assez naturel de croire que ce furent ces moines, détachés à Chartres, qui tracèrent les plans de Notre-Dame et employèrent ces troupes d'artistes dont nous voyons l'image dans l'un des anciens vitraux de l'abside, des hommes au bonnet pelucheux, en forme de chausse à filtrer, qui taillent et rabotent des statues de rois.

Leur œuvre a été complétée, au commencement du XVIᵉ siècle, par Jehan Le Texier, dit Jehan de Beauce, qui est l'auteur du clocher nord, dit clocher neuf, et de la partie décorative, abritant dans l'intérieur de l'église, les groupes du pourtour cernant le chœur.

— Et jamais, en somme, l'on n'a découvert le nom de l'un des premiers architectes, de l'un des sculpteurs, de l'un des verriers de cette cathédrale ?

— L'on a entrepris bien des recherches et, personnellement, je puis avouer que je n'y ai épargné ni mon temps, ni mes peines, mais cela en pure perte.

Je fais bien quelques réserves sur la justesse de cette boutade de Quicherat que « l'histoire de l'architecture au Moyen Âge n'est que l'histoire de la lutte des architectes contre la poussée et la pesanteur des voûtes », car il y a autre chose, en cet art, qu'une industrie matérielle et qu'une question pratique, mais n'empêche qu'il a certainement raison sur presque tous les points.

Maintenant, nous pouvons poser en principe qu'en nous servant des termes d'ogive et de gothique, nous employons des vocables que l'on a détournés de leur vrai sens, car les Goths n'ont rien à voir avec l'architecture qui s'empara de leur nom et le mot ogive, qui signifie justement la forme du plein-cintre, est absolument inapte à designer cet arc brisé que l'on a pris pendant tant d'années, pour la base, pour la personnalité même d'un style.

La Cathédrale (1898), extraits du chap. III.

Notre-Dame de Strasbourg

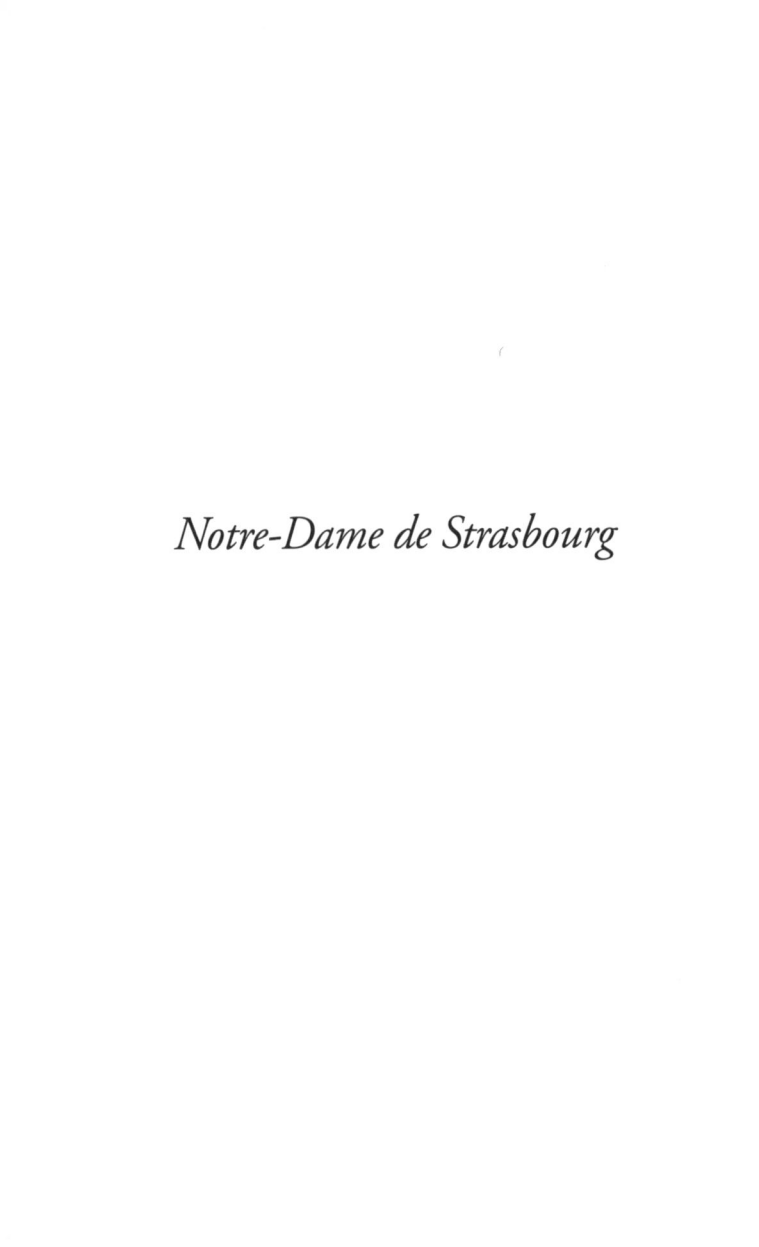

VOYAGE AUX
CATHÉDRALES ROUGES

Strasbourg – le portail effilé, en lanières dures – un côté guindé, allemand, symétrique. Tout est ajouré, mais rigide, en granit rose des Vosges.

On entre, dans les ténèbres, au fond un vitrail éclatant de la Vierge, absorbe tout, une éclaircie dans la nuit du chœur.

Et l'église se déroule immense. Où elle est vraiment superbe, c'est dans le roman de son chœur. Un autel, huché très haut, sur une crypte – au-dessus un dôme en cul-de-four, percé de son lanternon, par de petites lucarnes à jour – les pierreries d'une couronne massive.

Il y a là des piliers romans magnifiques sur des supports carrés gigantesques plus hauts qu'un homme. – À droite, là où est l'horloge, il y a ce qu'on appelle le pilier des anges, charmant.

Au fond, les 2 côtés des portes descendent sous des voûtes où il y a des autels. Il y a de la tombe, de la cave pénale, dans le fond sombre de cette cathédrale.

La nef est gothique – les 2 travées sont peu élevées, toutes en vitre. La chaire du XVe est charmante – Il y a là une délicieuse petite Vierge et une sainte Barbe et des apôtres dans une folie de clochetons et de chicorées.

Elle est effilée au-dehors, massive au-dedans, où elle est très large.

La légèreté gothique de la nef en verre, symbolise sans doute notre faiblesse humaine, alors que la redoutable puissance divine s'affirme dans l'énorme cave où le prêtre opère – gravité du sanctuaire, en opposition avec le lieu destiné aux foules.

Au portail – des statues animées, un peu contorses, mais plus vivantes peut-être que celles des autres cathédrales – les Vierges folles curieuses, surtout. Plus humaines, moins dignes sans doute que celles d'Amiens et de Reims.

Aux chapiteaux de l'intérieur, des feuillages plus grêles, plus effusés, des sortes de persils exaspérés.

C'est une cathédrale, assemblage de tous les temps, mais personnelle, ayant sa saveur distincte de celle des autres églises. – Au-dessus du chœur, s'élève le dôme roman, une sorte de diadème.

Sur le portail de droite : les statues connues de l'Église et de la Synagogue. Sur le portail de gauche – les rois Mages curieux.

– Au portail royal, à la grande entrée une Vierge tenant l'enfant – En dedans, dans l'église, sur le pilier, dos à dos, par conséquent, avec la Vierge, saint Pierre.

Portail – de grande entrée – la psychomachie à gauche, de la Vierge – des prophètes très vivants. En haut, refait un petit jugement dernier – à droite, en opposition avec les Vertus terrassant les vices : les Vierges folles et sages.

Il est bizarre, quand on y songe, cet emplacement réservé aux rois Mages sur un portail de droite, dite porte de la sacristie, au-dehors. La Vierge est une Vierge couronnée, une Notre-Dame des Victoires qui serait belle. C'est le portail Saint-Laurent qu'on brûle dans le fronton – ce côté semble refait.

Très vivante et avec des ondes de robes admirables – de l'autre côté de la porte, en opposition aux rois Mages, un paysan, un moine (XVe siècle).

Dans le fond intérieur de l'église, cette Vierge qui se détache, seule, en lumière, a quelque chose de triomphal. Elle est de la gloire dans de la nuit. Elle apparaît radieuse, dans les ténèbres qu'elle dissipe avec la lumière de son corps glorieux.

En dedans – transept – à gauche, chapelle XVIIe siècle – avec de belles statues du XVe à droite, un autel à la Vierge douloureuse. L'autel moderne – Elle ? – puis derrière un autel au Sacré-Cœur moderne.

C'est laid – mais ça procède du belge et c'est encore très supérieur au français de la rue Saint-Sulpice. [...] Dans la cathédrale – la largeur qui semble énorme est un peu faite par le manque de chaises. Là, elles s'entassent sur les bas-côtés, où chacun va en prendre une et revient la remettre après – quand la messe est finie. La nef est donc ordinairement vide.

Suisse : gilet rouge, buffleterie jaune – habit bleu.

Entendu les Vêpres, pas mal – du

pseudo-plain-chant – avec les enfants versillant d'un côté et des voix d'hommes de l'autre.

Extrait du carnet de notes
« Voyage aux cathédrales rouges », septembre 1903.